中公文庫

怠惰の美徳

梅崎春生
荻原魚雷編

中央公論新社

目次

I

怠惰の美徳

I

三十二歳

三十二歳になったというのに
まだ　こんなことをしている

二畳の部屋に　寝起きして
小説を書くなどと力んでいるが
ろくな文章も書けないくせに
年若い新進作家の悪口ばかり云っている

女房も持てない　甲斐性なしだから
外食券食堂でぼそぼそと飯を噛《か》み
夕暮　帰ってくると　不潔な涙を瞼《まぶた》にためて

窓から　空を見上げてぼんやりしている

時には　やり切れなくなって
アルコールなどをうまそうに啜《すす》り
揚句のはてに酩酊《めいてい》し
裸になって　おどったりする

ゴヤやドーミエだって
こんな惨めな男は　描かなかった

雑巾《ぞうきん》にでもなって　生れてくれば　よかったのに
人間に生れて来たばかりに
三十二歳となったと言うのに
おれはまだ　こんなことをしている

己を語る

※

好きなもの　酪酊　無為

嫌いなもの　子供　人混み　病気

※

及ばずながら、今まで文学を捨てずに私が生きて来たのは、私の内にひそむ過大な自《じ》恃《じ》の心のせいである。

自分がSelected fewであるという意識が、私の文学からの逸脱を支えつづけてくれた。

※

ある人々我を目して図太しという。あるいは然らん。

※

私が人に強制したり忠告したりしないのは、自分が人からそうされたくないからだ。

自分が俗物であるという意識、どんな背徳無惨なことでもやれるという気持、これほど私を力づけてくれるものはない。

※

新宿旭町など、そのような陰惨な巷で、食事をしたり、あるいたりすることに限りない喜びを感じる。昨日は、そこで煙草（キンシ）十本七円五十銭で買い、その中二本を別の男に一円五十銭でうった。

※

怠惰の美徳

学校を出てから四年ばかり、小役人生活をしたことがある。たいへん暇な役所で、それに私がもりもり働いて立身出世しようという気持がなかったし、上司も私の無能を見抜いてろくに仕事を与えてくれなかったし、朝出勤簿にハンコを押すと、あとはもうほとんど仕事がない。昼飯を食べるのが仕事らしい仕事で、退庁時間までぼんやりしている。ぬるま湯に入っているような毎日であった。

しかし私はこの生活は苦痛でなかった。生れつき私はじっとしているのが大好きで、せかせか動き回ることはあまり好きでない。体質的に外界からの刺戟《しげき》を好まないのだ。BC級戦犯者の手記に、もうこんな不合理な世界はイヤだから、来世は貝か何かに生れ変りたい、という言葉があって、私を感動させたが、私は来世ももちろん人間を望むけれども、どうしても人間以外の動物ということなら、やはり貝類がいい。植物ならまず蘚苔《せんたい》類。鉱物なら深山の滝なんかに生れ変りたい。滝なんかエッサエッサと働いているようだが、眺めている分には一向変化がなく、つまり岩と岩の間から水をぶら下げているだけの話である。忙しそうに見えて、実にぼんやりと怠けているところに、言うに言われぬおもむきがある。私は滝になりたい。

役人時代は私は毎日役所でぼんやり時を過すことによって、給料を得た。今は自前でぼんやり時を過ごしている。まるまるぼんやりしていると頭が干上がるという欠点はあるが、ぼんやりにヒモがついていないところに純粋性がある。私は近頃毎日八時頃起き、朝飯を食べ、それからまた寝床に這い込んで横になる。ぼんやりとものを考えたり、本を読んだりしている。午後一時ごそごそと起き出して昼飯を食べ、またあわてて寝床に這い込む。三時頃しぶしぶ起き上がり机に向い、六時頃まで仕事をする。それから夕刊などを読みながら、九時頃までかかって晩飯ならびに飲料を摂取する。九時半にはもうぐうぐうと眠っている。決して勤勉な生活とはいえない。典型的な怠け者の生活である。しかし自前で怠けている分には誰にも後指さされるいわれはない。私は自主的に怠けているのである。

そういうことをやや誇らしげにある男に語ったら、それはビタミンB群の不足ならびに肝臓障害がお前を怠けさせているのであって自主的などとは口はばったい、と叱られた。なるほどそういう見方も成立つか。

そういえば私はどちらかというと、仕事がさし迫ってくると怠け出す傾向がある。仕事の暇な時には割によく動いて、寝床にもぐり込んでばかりいず、セミ取りに出かけたり、街に出かけたりする。これは当然の話で、仕事があればこそ怠けるということが成立するのであって、仕事がないのに怠けるということなんかあり得ない。すなわち仕事が私を怠けさせるのだ。

ここまで書いてきて標題の「怠惰の美徳」について考えたが、なにか論理が混乱して、どこが美徳なのかよく判らなくなった。実はこの標題は私が自主的に選んだものでなく、そういう題で書けという注文原稿である。なぜ私が「怠惰の美徳」について書かねばならぬのか。そう反問すると、先般伊藤整が新聞に文芸時評を書き、それで貴下のことをナマケモノだと書いていたから、との答え。そんなことを書いていたかと、いま古新聞をがさがさと引っぱり出してしらべて見たら、ナマケモノでなく閑人と書いてあった。ナマケモノと閑人とは大いに違う。どうも変だと思った。私自身にしても、ナマケモノといわれるより、閑人といわれる方が気持がいい。私は「閑暇の美徳」という文章を書くべきであったようだ。

蝙蝠の姿勢

私は怠けものです。怠けものというよりは、どんな場合でも楽な姿勢をとりたい性質です。近頃そうなったのではなくて、生れつきそうなのです。しかし楽な姿勢といっても、日向に寝そべっている猫のような、あんな無為は好きでありません。少年の頃見たことがあるのですが、風の吹く枝に逆さにぶら下っている蝙蝠《こうもり》のような形。あんな形が好きです。また早瀬のなかで、流れにさからって静止している魚の形。あの蝙蝠や魚は、風や水を適当な刺戟として感じながら、自らの姿勢を保ち、且《か》つ楽しんでいるに違いありません。いや、楽しんでいるかどうかは知らないが、あれが彼にとって一番楽な形であることは、確かなことでしょう。適当な刺戟、この言葉も可笑《おか》しい。もっと良い言葉があればいいのですが。

私は毎日、夜は十時間余り眠り、昼寝を二時間ほどします。覚めている時間は十二時間足らずです。起きているときは、食事をしたり、本を読んだり、街をあるいたり、その余暇でもって僅かな量の仕事をします。小説を書くことは、私には苦痛です。楽しく書いたことは一度もない。僅かに残った余燼《よじん》みたいなものをかきたてて、やっと燃え立たせるような具合です。そしてそれを文字にしながら、はげしい苦痛と羞恥を感じます。自分が人工的に力んでいること、嘘を書いていること、その他もろもろに対して、じっとしていられないほどの恥かしさを感じます。

私は、今の自分の生き方には、ある程度の満足と諦めを持っています。しかし小説の方はそうではありません。だんだん書くのが厭《いや》になってくるような具合です。近頃はことにそうです。どうにかして自分の仕事を、楽なところまで持ってゆきたいのですが。しかしそんなことを努力する自分をかんがえると、それもやはり恥かしい。恥かしいというより、厭なことです。

自分を適当に揺れ動かすこと。この適当な振幅の測定がむつかしい。そしてそれから仕事です。他人《ひと》はどういう具合にやっているのかしら。

憂鬱な青春

私は子供の頃、作文が下手であった。小学校中学校と、作文がにが手であった。今でこそこつもわかり、多少上手にもなったが、当時は文を綴るということがどういうことなのか、うまく見当がつかなかったのである。子供の頃作文が上手なことと、後年小説書きになることとは、一般的に無縁なことなのか。今想起すると、若年の折作文上手だったのは、たいてい早熟児だったようだ、早熟児の特徴は、一に人真似がうまいというところにある。私はいろんな点において晩熟であるらしい。今私の手元に当時の綴り方作文が若干残っているが、取り出して読んでもはなはだしく稚拙で、恥かしいようなものだから、他人に読まれては困るので、私の死後は直ちに焼却される手筈になっている。（義経だって屋島の戦で死を賭して弱弓を取り戻した。その心意気と同じだ）

私は年少時、本（小説類）が読めなかった。うちが厳格であったのと、あまり家計が豊かでなかったからだ。収入はあったのだろうが、うちには男ばかりの六人兄弟がいる。

私には今二人の子供がいるが、この二人のかわりに男の子が六人いて、ごしごしと大飯を食われては、さすがの私も音を上げて、好きな酒もやめねばならなくなるだろう。私は今になって、当時の親父《おやじ》や御袋《おふくろ》の労苦に強い同情を感じている。

だから私は、小説類を読みたくてしようがなかったが、思いのままには読めなかった。（読めなかったから、それではというわけで、後年書き手の方に廻ったのか。まさか！）友達から借りて来てかくれて読みふけったり、日曜日には図書館に行って、手当り次第借り出して読んだりしていた。手当り次第だから、どんなものだったか、今はよく覚えていない。いわゆる「純文学」というようなものじゃなかったように思う。私はまだ中学生の頃までは、文学づいていなかった。平凡で、身体の弱い、目立たない中学生であった。

いつだったか、戦後、小説を書き始めた頃、故郷に帰ったら、街で中学の同級生とばったり出会った。その級友が言った。

「お前と同姓同名の小説家が、近頃売り出しているよ。同姓同名とは、めずらしいねえ」

こういう場合、あれはおれだよ、とはちょっと言いにくいものである。うやむやにごまかして、その場は別れた。今でも彼は、同姓同名の異人だと思っているかも知れない。

私は中学では、あまり学業の成績が良くなかった。入学した時は、上から数えて四分の一のところにいたが、卒業の時は二百名の中九十何番に下っていた。頭はそう悪くないのだが、勉強が好きでなかったのだ。つまり怠け者（今でもその傾向多分にあり）だったのである。私は長崎高商か大分高商に入り、サラリーマンにでもなろうかと漠然と考えていた。家計の関係もあって、大学には行けないことを知っていたからだ。

ところが卒業の年の正月になって、台湾で会社を経営していた伯父が、学資を出してやるから、高等学校を受けないか、と言って来た。そこでそれから、受験準備に取りかかった。受験までの三箇月、私はほんとによく勉強した。私の一生をふり返って、あんなに勉強した時期はない。今後ももうないだろうと思う。なにしろ九十何番なのだから、人一倍勉強しないことには、合格出来そうにもない。

その頃の日記が私の手もとにあって、これがまたセンチメンタルな日記で（これも焼却の予定になっている）その一節に、もし五高に入れたら詩の勉強をしたい、などと書いてある。高等学校に行けると思ったとたん、若干文学づいたものであろう。

それで昭和七年、首尾よく第五高等学校文科に入学が許可された。試験はあまり出来なかったから、すれすれで入学したに違いない。そこで詩を書き始めた。同級に霜多正次などがいて、それらの刺戟もあったのだろう。当時の五高には「竜南」という雑誌が年三回発行され、文芸部委員には三年生に中井正文や土居寛之、二年生に河北倫明や斯波四郎がいて、私がせっせと詩を投稿するけれど、なかなか載せて貰えない。上出来な詩じゃなかったからだろうと思う。

　二年生になって、やっと掲載されるようになった。そして文芸部の委員になることが出来た。委員になれば、おおむねお手盛りといった形で、毎号掲載ということになる。その頃の「竜南」も若干手もとに残っているが、これも大体焼却予定になっている。義経の弓のたぐいで、義理にも上出来とは申せない。つまりまだ詩魂が熟していなくて、幼稚なのである。

　詩に打込んでいたわけでなく、れいの怠け癖から、三年になりがけに、とうとう落第した。何かの週刊誌に、斯波四郎がつづけさまに落第して私の下級生になったように書いてあったが、そんなことはない。私も落第したから、いつも私が下級生である。同級生になる可能性はあったが、その瞬間に彼は退学させられたのである。しかし、落第ということは身にこたえた。伯父が学資を出して呉《く》れなくなるおそれがあったからだ。病気にかかったとかなんとか、母がごまかして、やっと継続することになって、私はほっとした。で、今度は勉強に打込むようになったかというと、そうでもない。も一度落第すると、学資を断たれる確実な予感があったが、どうしても学業に打込む気分にはなれなかった。勉強に励んで何になるか、というような漠然たる気持があって、それが私を怠けさせた。といって、詩人で立ちたいとか小説家になりたいという気持も、別になかった。もちろんその自信もなかった。

学生生活とは本来、もっとたのしく生甲斐があるものだが、私にはそれがなかった。学生生活を振り返ると、いつも私にはじめじめした感じがつきまとう。青春期にあり勝ちな憂鬱症、それがずっと私には続いていたような気がする。も少しひどければ、はっきりした神経衰弱として、治療の対象になっただろうが、病気と名付けるほどひどくはなかったので、かえってそれが私を不幸にしたらしい。私は今でも、青春を豊かにたのしんでいる青年男女を見ると、やり切れないような羨望と共に、かすかな憎しみを感じるのである。

落第する前のクラスはあかるくて、遊び好きの連中が多かったが、あとのクラスは何だか暗くて、あまり私にはなじめなかった。落第したひがみもあったのかも知れぬ。木下順二などがいたが、彼はその頃秀才で（今も秀才だろうが）文学に関心は持っていないように見えた。前のクラスの連中が卒業してしまうと、私はますます孤独で、学校に通うことが辛かった。

私は京大の経済に行くつもりであった。しかし卒業前になって、東大英文に入っていた霜多正次から手紙が来て、東大に来ないか、東京で同人雑誌をやる計画がある、と言って来たので、私の心は動いた。英文はつらい、国文の方が楽だという霜多の説で、たちまち東大国文に受ける決心がついた。何だって私は楽な方が好きである。その頃の東大文学部は無試験で、国文がだめでも第二志望に廻れる。その点も私は気に入った。そしてやっと五高を卒業した。卒業試験の成績が悪く、私を卒業させるかさせないかで、教授会で三十分も揉めたということをあとで聞いて、私はぞっとした。あそこで落第していたら、私の一生はどうなったか判らない。別の惨めなコースをたどっていたに違いないと思う。丁度その卒業試験の時、東京では二・二六事件が起った。その三月、私は上京し、あこがれの（というほどでもないが）角帽を頭に乗せることに成功した。

それで学問にいそしむ気になったかというと、その正反対で、高等学校では三分の二以上出席しないと落第する決めがあったが、大学にはそれがない。それをいいことにして、暫《しばら》く出席しないでいたら、何となく出るのが恥かしいような気分になって、とうとう大学にいる間、試験日の他は、一日も出席しなかった。何でもきっかけというやつが大切で、そのきっかけを失ったばかりに、私は学の蘊奥《うんのう》を極めるチャンスを失った。今思っても残念である。だから私は大学は出たけれど、その智能程度は高校卒並みにとどまっていると言っていいだろう。

そんなわけで、私は高校時代の同級の友人はいるが、大学の同級の友人はいない。辛うじて井沢淳がいるだけである。これも大学の卒業試験の時に知合ったので、私は講義に出席していないから、ノートを持たない。誰かの紹介で井沢の下宿を訪ね、どんな参考書を読めばいいか、教えを乞いに行った覚えがある。後年井沢を知っている人にそのことを話したら、井沢なんかに教えを乞うようじゃよくよくのことだ、と呆《あき》れていたところを見ると、井沢もあまり秀才の方じゃなかったらしい。

で、同人雑誌は昭和十一年六月に出したが、同人は十人ぐらいで、題は「寄港地」というのである。その第一号に私は「地図」という二十枚ぐらいのものを書いた。その頃改造社から出ていた雑誌「文芸」の同人誌批評欄で、手もとにないからはっきりした文句は忘れたが「ぴらぴらした擬似のロマンティシズムを捨てよ」という風に批評された。まあその程度の作品で、言葉だけででっち上げた、下手な散文詩みたいな小説であった。悪評されてくさったかというと、そうでもなく、大雑誌が私の作品をとり上げて呉れたことに、むしろ喜びを感じた。他愛のないものである。「寄港地」は一号でつぶれた。

学校にも出ないし、雑誌もつぶれたし、あの頃の私は一体何をしていたのだろう。暇を持て余して、貧乏ばかりしていた。学資は人並みに貰っていたが、私という男は生れつきけちなくせに、へんに浪費的なところがあるのである。もっとも世の浪費家という奴は、たいていけちな反面を持っているものだ。下宿にごろごろして小説本を読んだり、浅草に行って割引きから映画やアチャラカ芝居を見たり、乏しい銭をはたいて安酒を飲んだり、また悪い病気にかかって苦労したり。

それにあの鬱状態が、私には周期的にやって来た。鬱状態の時には、被害妄想も伴った。下宿の廊下の曲り角に女中たちがあつまって、私の悪口を言っている。下宿人たちも私の悪口を言っている。夜中に私は女中を呼んで、そんなにおればかりをいじめないで呉れと、涙ながらに頼んだこともある。またその妄想で腹を立て、下宿の雇い婆さんを殴って怪我をさせ、四泊五日の留置場入りをしたこともあった。今だからこそあれは妄想だったと判るのだが、当時は本気であった。

こういう状態は、生来の私の身体の虚弱さからも来ているのだろうが、学資を貰いながら学校に出ていないという自責、また将来に対する不安からも生起したに違いない。

(もちろん外の状況もあるけれど)

そんな具合で二年が過ぎ、こんなことではだめだ、やはりおれは小説を書かなければ、と思い立って、二箇月ぐらいかかって六十枚の小説を書いた。「風宴」というのである。駒込千駄木町のアパートでそれを書いたが、これは書くのに苦労した。本郷の霜多正次の下宿の娘が病気で死んだ。それをヒントにしたもので、筋は大体きまっているが、どんな具合に書いたらいいのか判らない。だから苦しまぎれに、私は先ず最後の部分を書き、それから中程を書き、それに冒頭の部分をちょんとくっつけた。逆に書いて行ったようなものである。私は今までにずいぶん小説を書いたが、こんな書き方をしたのはこの一篇だけである。最初からすらすら書き流すには、まだ腕が未熟だったのであろう。

書き上げたものの、雑誌を持たないから、発表のあてがない。友人に「文芸」の編集者を知っているのがいて、そこへ持って行って貰ったが、間もなくつき返されて来た。だから意を決して自分で「早稲田文学」に持ち込んで行った。編集は浅見淵で、もちろん私は初対面である。

後に浅見さんが書いたものによると、私は紺絣の着物にセルの袴をきちんと穿《は》いていたそうだが、私には記憶がない。セルの袴なんか持っていた覚えがないから、誰かに借りたのかも知れない。会見中私は膝をくずさなかった由で、その頃の私は割合礼儀正しく、几帳面だったのだろう。固くなっていたとも考えられる。幸いその作品は浅見さんのめがねにかなって、昭和十四年八月号の「早稲田文学」に掲載された。反響はほとんどなかった。次の号の「早稲田文学」の時評で、無気力な生活を描いて暗過ぎる、といったような批評が出ただけである。一所懸命書いたものだけに、私はいささかがっかりした。そこで次作を書く元気をうしなって、今松竹撮影所にいる野崎正郎と毎晩のようにつながって映画ばかり見て歩いていた。実際あの頃はよく映画を見て、眼も肥えていた。野崎はその後松竹に入ったが、私も助監督になろうと思い、砧《きぬた》の東宝撮影所に試験を受けに行ったことがある。試験官が私に言った。給料は如何ほど望むや。私答えて曰《いわ》く。自分が生活出来るだけ欲しい。試験官たちは顔をつき合わせて相談していたが、それなら東宝本社で働いたら如何。私曰く。本社はいやです。実際の製作にたずさわりたいのです。

そうですか。では後ほど、というわけで私は帰って来たが、後ほどおことわりの手紙がやって来た。食えなくてもやりたい、という熱意がなくては、あの仕事はだめらしい。それに助監督というのは、かなりの重労働らしいから、もし採用されたとしても、私は肺か何かをおかされて、中道で倒れるかやめるかという羽目になっていただろうと思う。

大学には四年いた。

講義に出ないで試験だけ受けようというのだから、どうしても三年ではむりである。四年ぐらいはかかる。

自分で勝手に一年伸ばしたのだから、学資を続けて呉れとは言いにくい。自分でやるからと返上して、アルバイト生活に入った。半年はどうにか苦学生（?）生活を続けたが、卒業論文も書かねばならぬし、とうとう六箇月目に伯父に泣きついて、学資を復活して貰った。

それから就職試験の季節に入る。

私は実にたくさんの就職試験を受けた。各新聞社、放送局、出版社、それに前記撮影所など。皆落っこちた。どうも私は試験に弱い。

ただひとつ、毎日新聞だけは通った。十四人採用の中に入っていたけれども、それには条件があった。十四人の中、上位成績の七人だけが本社勤務、下位七人は地方支局詰め。残念なことには、私はその下位七人の組に入っていたのだ。私は思い悩んだ。

第一に私は差別されるのがいやだったし、地方落ちするということもおっくうで面白くなかった。何が何でも東京にとどまっていたい気持が強かった。それで結局ことわってしまったが、あの時思い切って入社して置けば、私も今頃はなんとか部の次長ぐらいにはなっているだろう、あるいは新聞記者出身の作家として、豊富な経験を生かして、多彩な活動を続けているかも知れない。もっとも新聞記者というのも激職だから、私の健康がそれに耐え得たかどうか。

卒業論文は「森鷗外論」。当時は森鷗外にひかれていたのであるが、なにしろ日時がすくないのと、学問に弱いという欠点のため、お粗末な出来ばえであった。でもこれは、私が今までに書いた唯一の論文である。学校に保存されたらかなわぬので、卒業と同時にすぐ取り戻した。そんなところは抜け目がない。その論文は終戦後まで手もとにあったが、その後取り紛れて、どこかに見えなくなってしまった。

一年先に大学を卒業した霜多正次が、東京都教育局に勤めていて、私は彼の手引きでそこへもぐり込んだ。教育局教育研究所というところである。教育には縁のない私だから、仕事に熱が入らず、いつも外様《とざま》あつかいにされていた。暇といえば極端に暇な配置で、その頃はそんな言葉はなかったが、今の言葉で言えば「税金泥棒」に近かったと思う。当時を回想する度に「都民の皆さま」に悪いような気持になる。

今関西で精神病院長をやっている森村茂樹にさそわれて「炎」という同人雑誌に参加、「微生」という小説を発表した。勤め人生活のつらさを書いたものだが、これも反響は全然なし。もうこの頃は文学も、国策の線に沿わなくてはならないことになっていたから、私の書くようなのは問題なんかになりはしない。都庁から出ている「都職員文化」という雑誌にも、短篇一つを書いた。

ここまで書いて読み返して見ると、どうも私は大切なところを抜かして書いている。つぼを外して書いているという気持が強い。何となくごまかしたところもあるが、意識的に省略したところもあるのだ。私は雑文は不得手でないが、自分の過去をありのまま書くのはにが手だ。雑文ならうそが混ぜられるけれども、自伝だの履歴書だのというものは、デフォルメがきかない。デフォルメがきかないから、この小文はつぼを外すことでおぎないをつけている傾向がある。ほんとは自分の過去などは、小説の材料に取って置きたいのである。

それからどうなったかというと、ある事情があって教育局を辞《や》め、川崎の軍需会社に入った。その会社も面白くなくて、病気と称して休んでいるうちに、海軍から召集令状が来た。昭和十九年五月のことである。昭和十七年にも召集令状が来て、その時は即日帰郷になった。陸軍の対馬砲兵隊である。（あとで聞いたら、大西巨人も私と一緒に引っぱられ、終戦まで対馬で苦労したそうだ。）そんなことがあったから、今度もおそらく即日帰郷だろうと楽観して、別段荷物も処分せず、のこのこと佐世保に出かけて行った。

その予想は甘過ぎた。見事に合格してしまった。甘過ぎたのはそれだけでない。海軍の実体に対する予想もそうであった。海軍は陸軍と違って紳士的だから、居心地もよかろうと思っていたら、これがとんでもない間違い。入団早々にしてそれが判り、たいへんなところに来たと思ったが、もう遅い。つらいからと言って、退団を願い出るわけには行かない。

入団の翌日、いろいろと区分けがあり、一部の兵隊（訓練を受けなくてももう兵隊だ）は即日海兵団を出発して行った。行先はサイパンである。これが六月二日で、米軍がサイパン攻撃にかかったのは、二週間後の六月十四日だ。すると彼等は途中で撃沈されたか、到着したとしても直ちに玉砕したに違いない。その区分けも大ざっぱなもので、私もその組に入る可能性は充分にあったのである。私は戦慄した。

終戦までに、そんなたいへんなことになる機会が、私には幾回かあったけれども、どうにか右へはらい左にしのいで、復員にこぎつけることが出来た。要領なんてものでなく、やはり運がよかったのであろう。

終戦のころ

もうあれから、五年近くも経つ。あの頃の生活（生活と言えるかしら）の細部、こまごましたディテールの大半は、すでに私の記憶から薄れかけている。たとえば、私の毎日に密着していた、いろんな事物のあり方や名称など。書こうとしても、あやふやだ。ただ、当時の気分、不吉に重苦しく、私にかぶさっていたものの感じだけは、年を経るにつれて、葉肉を失って葉脈だけになった朽葉のように、いよいよ鮮明な形をとってくるようだけれども。

終戦のころ、私は鹿児島県桜島の、袴腰《はかまごし》というところにいた。所在海軍部隊の、通信科下士官としてである。部隊と言っても、兵舎などは持たぬ、洞窟住いの急造部隊であった。公式の名はたしか、第四特別戦隊（？）第三十二突撃隊鹿児島分遣隊という。水上特攻基地、小艇に爆薬を装置して敵艦に体当りする、その小艇の基地だ。しかしその小艇（震洋とか回天とかの名がついていたが）の姿を、今思っても、私はこの基地で見た記憶が全然ない。通信科の仕事が忙しくて、つい見そびれたのかとも思うが、あるいはそれらの小艇は、終戦までにこの基地に、とうとう間に合わなかったのかも知れない。きっとそうだろう。しかし艇がいなくても、部隊はちゃんとあった。そしてえいえいと仕事をしていた。（今のお役所そっくりだ。）とにかく意味なく忙しい部隊であった。あまり忙しいので、へんな得体の知れない病気になった程だ。今でも私には、仕事が忙しくなると、すぐ原因不明の病人になる癖があるが、桜島においても、だいたい同様の症状であった。精神にも肉体にも、その中核部において、昔から私にはかくの如く、はなはだしくしんが弱いところがある。

　この桜島での勤務を、特に忙しく辛いと感じたのも、ある理由はあった。実は私が桜島部隊附を命ぜられ、佐世保通信隊を出発したのは、昭和二十年五月のことである。ところが実際に私がここに到着したのは、七月十一日の夕方であった。二箇月もかかっている。どうしてこんなことになったかというと、その命令の出し方が悪かったのか、道を間違えたのか、私は桜島にやって来ずに、鹿児島郊外の谷山分遣隊に行ってしまったからである。以下は私の想像だけれども、谷山の通信長たちはこの間違いを、奇貨居《お》くべしとなし、私をそのまま使ってしまったのである。軍隊も官僚に似たところがあって、人員を一人でも余計、自分の所属に確保しておこうという、妙な傾向があった。その犠牲（?）となって、私は谷山隊所属となり、無線自動車の係りに配属された。無線機械を積んだ装甲自動車で、乗員は電信兵が二人、暗号係が私。その三人をのせて、性能検査並びに演習のために、薩摩半島の各水上特攻基地を経巡《へめぐ》ってあるいた。歴訪した基地の名も、移動したコースも、私はほとんど忘れてしまったが、海中に浮んだ甑《こしき》島の風景が、今でもつよく頭に残っているのをみると、吹上浜点在の基地を廻って歩いたらしい。最後に私達は、坊津《ぼうのつ》という基地にいた。

軍隊に入って、この一箇月余の旅行ほど楽な期間は、私にはなかった。なにしろ積みこんだ無線機の性能が悪くて、一度も谷山と連絡がとれないのである。電信係も始めの中こそは努力していたようだが、後になると全然それを放棄して、基地に到着すると、その基地隊の通信兵に連絡を托して、運転手もろともさっさとどこかへ遊びに行ってしまう。電信がとれなければ、暗号翻訳のしようもないので、すなわち私も遊ばざるを得ない。本来なら基地隊か自動車内に寝泊りしなくてはいけないのだが、それもごまかして、民家や旅館に泊めて貰う。昼はハイキングに行ったり、ウナギ捕りに行ったり、夜は夜で航空用一号アルコールを仕入れてきて、盛大な酒盛りを開く。基地だから、そこらの山の中に入れば、アルコールはドラム罐でいくつでも転がっていた。飲む分には無尽蔵である。食事は基地隊から、ちゃんと届けて呉れる。つまり食うだけ食って、あとは何をしてもいいのである。だから私はこれを利用して、放埒《ほうらつ》な中学生のように、存分に食い、存分に飲み、存分に遊び廻った。身体のことなんか、どうだっていいと思っていた。どんな放恣《ほうし》をも許そうとするものが、私の内部にあった。——こんな楽な境遇は、過去にもあまりなかった。そして将来には、絶対にあり得ない。これが最後だ、ぎりぎりの最後だ、ということを、私ははっきり感じていた。全身をもって、直覚していた。だからこの恵まれた状態の、一分一秒を生きることが、自分の全部であることを私は感じていた。その意識が、私のすべての放恣を支えていた。このようにひりひりした生の実感は、私の生涯の他の部分では、あまり味わい得ないだろうと思う。

　こんな訳《わけ》だったから、桜島転勤の電報がきた時は、私は全くがっかりした。桜島は相当大きな基地で、分遣隊のみならず、四特戦（？）の司令部もそこにあって、忙しいところだとは充分に予想がついていたから。そしてその予想は違わなかった。七月十一日入隊。そしてたちまち、得体の知れない発熱。ということになったらしい。その状況は、私の記憶からほとんど消え去っているが、飛び飛びに書いた日記だけが、今も私の手元に残っている。それをそのまま、写してみよう。

「七月二十三日

朝六度六分。夕七度二分。

白い粉薬を貰う。やはり原因は判らず。昨夜は八度五分。

看護科にコーロギ兵曹というのがいる。字はどう書くのか。面白い姓だ。

来てから、病気つづきで、当直に立たないから、谷山に帰そうかと、司令部の掌暗号長が言った由。

八月二日

此の間から敵機が何度もきて、鹿児島市は連日連夜炎をあげて燃えている。夜になると、此の世のものならぬ不思議な色で燃え上る。

身体の具合は相変らず悪い。何となく悪い。(胃がひどく弱っている)

昨夜は大島見張所が、夜光虫を敵輸送船三千隻と認めて、電を打った。

東京から便りなし。家からも。

八月九日

鬼頭恭而が召集されてきているのに会い、一しょに酒を飲みに行った夢を見る。大浜信恭も出てくる。

昨夜は夕食に、ジャガ芋つぶしたのを少量、焼酎少量のみ、零時より直《ちょく》に立つと、やはり腹の調子ひどく悪し。気分重く、生きた感じなし。

八月十五日
朝五時に起きて、下の浜辺で検便があった。朝食後受診。依然としてカユ食。
夜九時から当直に行った折、着信控をひらいて見て、停戦のことを知る。愕然《がくぜん》とす」

桜島での日記は、以上で全部。支給された粗末な軍隊用手帳に、小さな鉛筆の字で書いてある。

八月十五日は、良い天気であった。この日のことは、割に覚えている。検便というのは、赤痢が流行していたから、その為のものである。砂浜に自分でそれぞれ小穴を掘って、その中に排泄したものを、軍医長に見て貰うという簡単な仕組み。すこしでも妙な便だと、すぐ霧島病院送りとなる。(兵たちは皆これを恐れていた。海軍の病院生活とは、絶対に楽な生活ではなかったから)

私は腹が悪いくせに、この日は便秘していた。(と思う。)穴は掘ったけれども、排泄物がなかったから、また砂をかぶせて、近くにいた軍医長のところに行って、そう具申すると、軍医長が眼をいからせて、私をきめつけた。

「しかしお前は、紙で拭いていたではないか!」

出なくても習慣で拭くんだ、と私は抗弁し、それから二三押問答をした。しかし軍医長はどうしても、そんな私の上品(?)な習慣を認めようとはせず、じゃ掘り返して実証して見せろ、ということになった。悪い便をして私が隠している、と邪推しているのである。しかし広い浜辺のことだし、埋めた穴の跡は無数にあるし、まだしゃがんでいるのも沢山いるという具合で、どれが私の穴の跡か判りゃしない。命令だから仕方なく、とぼとぼと自分の穴を探してあるいた気持を、私は今でも思い出せる。敵がもう直《す》ぐ上陸するかも知れないのに、何というばかげたことだろう、と誠に情ない気持で、臭いで充満した砂浜をうろついていたのである。その気持は鮮かだが、穴を探しあてたかどうかは、記憶にない。また先刻は排泄物がなかったと書いたが、あるいは軍医長の邪推があたっていたのかも知れない、とも思う。なにしろ五年前のことだから、そんな細目はすっかり忘れてしまった。

そしてその日の正午、ラジオの天皇の放送があった。鹿児島に来て以来、私は新聞を全然見ていなかった。だから情勢がどうなっているのか、ほとんど判らない。暗号をやっている関係上、戦況について少しは知っているが、それも部分的なもので、ことに味方損害の電報や重大電報は、士官が翻訳することになっていて、私たちの目に触れない仕組みになっていた。たとえば原子爆弾についても、私は暗号部下士官であるにも拘らず、ずっと後まで投下されたことを知らなかった。だからこの日の放送の意味も、ほとんど予測できなかった。激励の放送だろう、などと考えていたようである。今この文章を書いていて、たしかにあの朝、戦争が終ったという放送ならいいんだがなあ、と考えたことが記憶のすみに残っている。しかしこれは、あとで無意識に補足した、贋《にせ》の記憶であるらしい。身体の不調の故をもって、私は当直以外の時間は、居住区に休んでいていいことになっていたから、その放送の時間も、私は聞きに行かなかった。聞いたって仕方がないじゃないか、そんな気持だったのだろう。その頃私は当直外は、寝台に横になって、眠っているか本を読んでいるだけであった。所持していた本は唯一冊。佐世保を出る時貸本屋で借り放してきた、世界文学全集の戯曲篇という本。この一冊を繰返し繰返し読んでいた。読んで愉しむとか勉強するとかの気持では全然なかった。何もしないで醒めていることが、私には耐え切れなかったのだ。活字に眼を曝《さら》していると、それがいくらかでも紛れる。そんな気持で、この一冊を私は、少なくとも三四回は読み返したと思う。丹念に、一字一字をひろって。――そんなに執心して読んだのに、ふしぎなことには、今あの本の内容を、私はほとんど思い出せない。やっと思い出せるのは、「朝から夜中まで」という短い一篇だけだ。三絶とまではゆかずとも、韋編一たびは絶つほどだったのに、頭に全然残っていないのは、本当にふしぎなことだ。――で、この時も、これを読んでいたことは確かだ。放送が済んで居住塚に入って来た兵に、読みさしの本をぱたりと伏せて、今の放送は何だった、と訊ねた記憶が私にあるから。雑音でがーがーして聞きとれなかった、というのがその答えであった。

昼間はそれで過ぎて、夜九時、当直に行く。居住区の壕と通信室の壕は、少し離れていて、歩いて五分、夜中だと暗いから十分位かかる。樹々にはさまれた山道だ。そこを手探りで歩き、通信壕に入り、前直と交替申継ぎを済ます。私は直長だから、その席に坐って、その時も慣例に従って、前直の着信控を無意識に一枚めくると、いきなり、終戦、という文字が眼に飛び込んできた。その時の気持は、やはりうまく書けない。しかし日本人なら誰でも、あの終戦を知った瞬間の経験がある筈だから、私のも大部分の人々のと、ほぼ同じだったのだろうと思う。「愕然とす」などと日記に書いたが、その瞬間が過ぎると、私に突然異状な発汗の状態がきて、居ても立っても居られなくなってきた。私の直ぐそばに、赤沢（?）少尉という司令部の暗号士が腰かけていて、私はいきなり立ち上ってその少尉に、これは本当か、というようなことを口早やに問いかけた。赤沢少尉は確か召集前は、尾久かどこかの小学校の教師だったという、おとなしい若い男だったが、私の質問に答えて、本当だ、と言いながら、ある笑いを私に見せた。その笑い顔を、私は今もって忘れない。ありありと思い出せる。それはある羞恥に満ちた、喜悦と困惑と安堵と悲哀が一緒になったような、複雑な翳《かげ》をもった微妙な笑いであった。この少尉とは私的にも公的にも、ほとんど交渉はなかったけれども、この人間的な笑いの故をもって、私は今でも彼に親愛感をかんじている。

それから私は、便所に行きたいから、と少尉にことわって、壕を飛び出した。狭い壕の中で、いつもと同じく電信機の音が、ぱちぱちと鳴っている。いつもと同じという事が、なにか解《げ》せなく、不当な感じであった。外に出て力いっぱい放尿して、それでもどうしても落着かないから、夜道を一散に駈けのぼって、どういうあてもなかったが居住区へ戻ってきた。居住区に入ってくると、その一番奥に腰掛けをならべて、電信の先任下士が寝ていた。それを私は力まかせに揺りおこした。そして戦争が終ったことを、低い声で告げた。先任下士は薄眼をあけてそれを聞き、うなずいて、また眼を閉じた。何だか苦しそうな表情に見えた。予期したほどの反応は得られなかったが、とにかく他人にしゃべったことだけで、私はいくぶん落着きを取戻し、居住区を出て、ゆっくりと夜道を通信室の方へ戻って行った。頭上の樹々の間から星が見え、崖の下からはしずかに濤《なみ》の音が聞えていた。はっきりした喜びは、その時初めて私にきたように思う。私個人の身柄に関しても、ひとつの事が終焉して、別の新しいことが始まるのを、実感として自覚することが出来た。

あの日の開放感を、今も私はなつかしく思い出すのだが、も一度現実に味わいたいとは思わない。床上げの日が嬉しかったからと言って、もういっぺん大病にかかりたい、と思わないのと同じだ。もう病気にかかってはならぬ。

編集者の頃

「群像」の創刊は、昭和二十一年十月。その二十一年に私は何をしていたか。当時の日記はあるけれど、今旅先だから取り寄せられない。

二十一年の初め、私は創造社に勤めて「創造」という綜合《そうごう》雑誌の編集に従事していた。「創造」は戦前からあった雑誌らしいが、あんまりぱっとしない雑誌で、売行きもかんばしくなかったと思う。私がここに勤めたのは、一箇月半ぐらいでよく知らないが、間もなく廃刊したところをみると、そうとしか思えない。

社長がいて（あたりまえだ）会計をやっているのがその社長の妾《めかけ》で、社員は二十人程度だ。皆働いているというより、のそのそ動いているという感じの雰囲気で、月給ももちろん安かった。（二百円程度。）私がここをやめた後、会計のお妾さんが、

「あれはすぐやめる男だと、初めから判っていたよ」

と評していたと、人伝てに聞いた。のそのその中でも、私が一番のそのそしていて、

働く気がないのを見破っていたのだろう。

千葉県御宿の浅見淵氏から、はがきが来た。今度「素直」という同人誌をやるから、三十枚ぐらいの作品を書かないか、とのことなので、私は新生社に行き、懸賞応募の作品を取り戻し、浅見氏に送った。そのついでに、どこかいい働き口はないかと問い合わせた。

すると浅見さんの返事では、創造社というところは原稿料もろくに払わない社だそうではないか。八雲書店と赤坂書店に紹介状を書くから、行ってみろとのことなので、八雲書店に行き新庄嘉章氏に会い、赤坂書店に行き江口榛一氏に会った。どちらも合格、というのも変だけれど、来てもよろしいとのことで、当時私は柿ノ木坂に住んでいた。赤坂書店まで歩いて二十分見当で、それで赤坂書店に勤めることに決めた。復員以来ひどくものぐさになっていて、満員電車に乗るのがおっくうだったのである。八雲書店に勤めれば、運命の進路が若干変ったかも知れないと、後年久保田正文氏があそこを舞台に書いた小説を読み、そう思った。

赤坂書店で出そうとしていたのは「胡桃《くるみ》」「素直《すなお》」。社長は元来印刷屋で、雑誌には素人である。「胡桃」第一号が出たのは六月頃。「四季」系の詩の雑誌で、これがほとんど売れなかった。おかげで社長はがっかり、それ以来クルミ（果物の）を食べるのもいやになったそうである。印刷さえしてあれば、何でも売れる時代だったが、やはり詩の雑誌では飛ぶように売れるというわけには行かなかった。

そこで「素直」の発行も延びることになった。印刷の方で儲《もう》けて、その暇にゾチョク（社長は「素直」のことをそう呼んだ）を出そうというのだから、なかなかはかが行かない。はかが行かなきゃ、怠けられて楽な筈だが、「素直」第一輯《しゅう》には、私の作品ものることになっている。少しやきもきした。

赤坂書店に入ってから、いろんな作家に会った。志賀直哉氏の家にも行ったことがある。赤坂書店は印刷屋だから、紙や印刷機を持っている。それで志賀氏の名入りの原稿用紙をつくり、それを届けに行ったのだ。私は包みをかかえて東横線で渋谷に出て、玉電で世田谷新町の志賀邸に行った。二階の座敷に通され、甘いものを御馳走になり、飼兎の話などを拝聴し、外に出た。世田谷新町なんて、私はまだ一度も行ったことがない。ちょっと散歩して行こうと、ぶらぶら歩いている中に、向うの方に何か見覚えのある建物が見える。はて、何だったかなと、そちらの方に近づいて行くと、これが都立高校（今の都立大学）で、私はびっくりしてしまった。つまり私は柿ノ木坂から歩いて行けばよかったのに、地理を知らないばかりに渋谷から廻った。鋭角三角形の長い二稜をたどった勘定になる。私は今でも東京の地理だの方向に、自信がない。ぶらぶら歩いていると、すぐに迷子になってしまう。

原稿依頼や稿料を届ける時は、訪問するのに足が軽いけれども、稿料や発行の遅延のための訪問は気が重かった。

「君んとこは原稿料を払わないつもりか」

面罵というほどじゃないが、そう詰め寄られて弱ったことが、何度かある。

「素直」は結局、二十一年九月に出た。「群像」に先立つこと一箇月。不定期ながら今でも続いているようだ。二十一年十二月に私は赤坂書店をやめた。もう文筆で食って行けるだろうから首にする、と江口編集長が言ったから、やめさせられたと言うべきかも知れない。

文章で食って行くのはたいへんなことで、二十二年は貧乏のどん底に落ちた。注文がないわけじゃなかったが、私はもうスランプに落ちていて、以後十五年ずっとスランプつづきのようである。

「群像」に最初に書いたのが二十五年四月号。以来大は七百枚から小は十四枚まで、小説を十篇書いた。ルポルタージュを書くために、浜松航空隊や砂川に行った。あまたの座談会に出て、つまらぬこと（時にはいいことも）をしゃべった。随筆や雑文に至っては数知れず。気分の上では毎号つき合っているような感じがしている。だから、赤ん坊の時見たのが、十五年目に会って成長ぶりにおどろく、という感じは「群像」にはない。「群像」という名も初めは馴染めず、何だかやぼったい、同人雑誌みたいな名だと思っていたが、その中に板について来て、だんだん貫禄が出て、すこしも変でなくなった。十五年の歳月の重みが加わったせいもあるだろう。

この文を書いている今日は八月十五日、終戦の記念日である。ここ信州はもう秋の気配で、萩、桔《き》梗《きょう》、松虫草などが咲いている。昨夜は雨が降り、雷が縦横に鳴りとどろいた。そのせいで今日は涼しい。

あれから十六年も経ち、「群像」もそろそろハイティーンに入ると思うと、一体おれは何をして来たんだろうという感慨が、今おこらないでもないのである。

茸の独白

押入れも無い北向きの三畳間に、もはや一年近く住みついた。昨年雹《ひょう》が降った時屋根に穴があいたらしく、雨が盛んに漏るので、現在では畳は腐れ壁は落ち、変な形の茸《きのこ》が七八本生えている。机が一脚、行李《こうり》に寝具、本が十冊程、これが私の全財産だ。他には天にも地にも何も持たぬ。旦暮《たんぼ》此の部屋に起臥し、茸の生態を観察などしているが、侘《わび》しいと言えば侘しい限りである。

生れて以来こんなひどい部屋に住むのも始めてだし、こんなに何も持たないことも始めてだ。しかし何も持たないということ程強いものはない。近頃特にそのことを感じる。こんな部屋にいると、市民的な幸福というものが自分に無縁のものであることがはっきりして来るから、その点でも気持に踏切りがつく。生活の幸福を断念出来なかったからこそ今までは苦しかったので、思い諦めてしまえばサバサバと愉しい。気持の起点を此処に置いて、今年は書いて行こうと思う。

今日は正月三日、朝十時に起きて自由ヶ丘の食堂まで飯を食いに行って、今帰って来たところだが、街で見た男女は何処《どこ》にしまっていたのかと驚くような綺麗な着物を着て、苦労を忘れたような顔をして往来していた。ぼんやり眺めると、昔と少しも変っていないようにも見えるが、それも今日迄《まで》の話で明日からはまたもとの恰好に戻るにきまっている。戦争に負けてこのかた、何も彼《か》も変ってしまった。風俗にしても人情にしても、戦争前に比べるとどこか狂っている。人間も変ってしまった。

人間が変ったなどと言うと、人間というものは太古から変らないものだぞと叱られそうな気もするが、人間が変らないという言い方は、飲み物の中で水が一番旨《うま》いという言い方と同じで、飲み物の中では酒が一番旨いと信じている私ですら、水が一番旨いぞと鹿爪《しかつめ》らしい顔で言われたら、御説御もっともと引下る他はない。誠にたちの悪い言い方である。人間は不変である。などとやに下るような真似は私はしたくない。とにかく人間は変った。

どんな具合に変ったかというと一言にしては言えない。あらゆる点で微妙な歪《ゆが》みとなってあらわれて来る。異常と言うのは正常があってこそ言えることだが、今は皆が少しずつ狂っているので、異常は存在しない。皆胸の中に異常を蓄えているから、不思議なことを見たり聞いたりしても少しも驚かない。泰然として事に処している。これはおそろしい事だと思う。これをとらえなくてはならぬ。

我が国の伝統に私小説というシステムがあって、正常な市民生活を描くには最も都合が良かった。之は精巧につくられた網のようなもので、たいていの魚はこれで捕えられ、そして料理された。私といえども戦前までは之を賞玩《しょうがん》することでは人後に落ちなかったけれども、現今の魚はもはや此の網から遠く逸脱しているのではないかと疑われる。捕えたと思ったのが魚ではなくて、魚の影ではないのか。もしそんな仕儀なら、どんなに精巧に拵《こしら》えられてあっても実用に使うわけには行かない。街で見た男女の正月の晴着と一緒で、時々取り出して美しさを嘆賞する分には差支えないけれども、日常の用を足すには役立たぬ。更に別の形の網をつくるより他はない。現今の魚族を捕えるのに最も適当した様式の網をつくらねばならない。

終戦後、日本の文学が混乱をするだろうと私は思っていたが、それも形だけの混乱にとどまり、本質的には何も変っていないようである。それも在来の網で魚影だけは捕えられたからで、魚の形はしているが魚の味はしないぞとお客はぶつぶつ言ったけれど、他に生き生きした魚の入荷もないから諦めて食べていた感がある。縄で焚火《たきび》をすると燃え尽きた後に、縄そのままの形をした灰が残る。あれは縄の形はしているが、縄の用には立たないのだ。新しい風が吹くと皆飛散してしまう。今の小説はそれに似ている。

日本の今の現実に身を処するに、在来のやり方では駄目だということは、日常生活においては誰も経験していることにちがいない。電車に乗るのに小笠原流のやり方では駄目だし、おいしそうな果物に対して俳諧的精神を以て眺めるなどということは誰もやらない。電車には人を押し分けて乗り、果物をいきなりもいで食慾を充たそうと試み、そんな態度を我ひと共におこなって怪しまない。生活の上では皆、簡単に過去の亡霊と訣別しているのである。文学の世界でもそうあらねばならぬのに、まだリアリズムと称する自然主義や、私小説的精神や、花鳥風月の精神や、日本的ロマンティシズムと言う不思議な精神が、玉石入り乱れて此の現実を処理しようとひしめき合う有様は、徒労と言うも愚かである。

私はそんな亡霊たちと訣別したいと思う。

勿論私も長い間そのような生活の中にいたのだから、簡単に帽子を振って訣別出来るとは思っていない。しかし日常生活の上で肉体が既に訣別しているのに、精神だけが昔の亡霊と奇怪な交歓をつづけていることは不自然にきまっている。私は、雨の漏らぬ部屋に住み、ふかふかした蒲団に寝、三度三度鬼の牙みたいな白い飯を食っているのではない。傾いた陋屋《ろうおく》で茸と共に起き臥ししているのだ。考えることだって昔は考えなかったようなことを考え、感じ、行なっている。物差しを持って来て小説を作ることなら、私にでも楽に出来る。しかしそれでは仕方がないではないか。誰だって昔とは変って来ている。ただ自分が変って来たことを自覚するかしないかが問題だ。そして昔のものと、意識的に訣《わか》れようと思うか思わないかが。

私は私小説的精神と訣れよう。俳諧とも風流とも訣れよう。義理人情とも訣れよう。何物にも囚われることを止そう。そして何も持たない場所から始めて行こう。自分の眼で見た人間世界を、自分で造った借物でない様式で表現して行こう。

私は今まで誰をも師と仰がなかったし、誰の指導をも受けなかった。それは文学上のことだけでなく、生活の上でもそうだった。私は何ものの徒弟でもなかった。また私は徒党を組まなかった。曲りなりにもひとりで歩いて来た。今からも風に全身をさらして歩きつづける他はない。

私だけが歩ける道を、私はかえりみることなく今年は進んで行きたいと思う。私の部屋に生えた茸のように、培養土を持たずとも成長し得るような強靭な生活力をもって、私は今年は生きて行きたいと思う。

エゴイズムに就て

今のような時代に生存を保って行くためには、法網をくぐって買出しをやらねばならないし、電車に乗るためには他人を突き飛ばさなければならない。書斎の奥で閑日月《かんじつげつ》を送るという訳には行かないのだ。今や心身の全部をあげて此の世相と対決しなければならなくなった。生きて行くという事は既に、高度の狡智《こうち》と他人の犠牲の上にのみ可能である。こんな時代にあって何を信じて僕等は生きているのだろう。

現今各雑誌に発表される諸小説を読んで、僕は不思議で仕方がない。そこにあるものは相も変らぬ善意への郷愁であり、清冽《せいれつ》なものへの思慕である。此の世相でかよわい善意など何の力があるか。現代にあっては無力なるものは既に悪徳である。善意などというものは今や没落者の擬態に過ぎない。実生活の上では結構抜け目なく逞《たくま》しく生活している作家達が、いざ原稿用紙を前にすると、何故《なぜ》始めて思い直したように世相の頽廃《たいはい》を嘆き善意を待望しようとするのか。何故居もしない青い鳥を描いて見せようとするのであるか。

今の世で善意を信じることは、山の彼方の空遠くに幸福を信じるよりもっとはかない事である。今時のある種の小説を読んで見たまえ。世相はかくかくだが自分一人は善意を信じて生きているのだぞという厭らしい顔を、背後に必ず隠しているから。もう嘘つくのは止そう。世相の悪に対決して今まで生きて来たのは、当方にも充分毒を持ち合せていたからだ。己れの内部の毒から目を外《そ》らして、何故叱られた子供のように山の彼方の夕焼ばかり眺め呆《ほう》けているのか。

今までの小説はエゴイズム否定の歌をうたうことで終った。戦争前まではそれで安心出来たのだ。しかし今はそれで安閑とした顔をしているわけには行かぬだろう。ルネッサンスが個人の自覚に始まったと言うなら、今の時代はエゴィズムの自覚と拡充から始まる。どの途《みち》現世の頽廃は底まで行き着かずにはおかぬ。生き抜く事が最高の美徳であり、犠牲や献身が最大の欺瞞《ぎまん》であることを僕等は否応なしに思い知るだろう。かくて僕等は僕等のエゴイズムと徹底的に抱き合わねばならぬだろう。

新しい文学の出発は此の性格を除外してはあり得ない。

世代の傷痕

私のように気力体力ともに劣弱な者にとっては、近時の乗物の混雑は誠に堪え難い。堪え難いと言っても手をこまぬいている訳にはゆかぬから、皆に伍して突き飛ばしたり突き飛ばされたり、足を踏んだり踏まれたりしてどうにか乗込んではいるものの、私如き非力の男から突き飛ばされる連中は私以上に非力の輩《やから》が多いので、つまり老幼婦女のたぐいがおおむね私から突き飛ばされているということになるようだ。

私とても好きこのんで老幼を突き飛ばしている訳ではない。そうした所業を自分に許容する所以《ゆえん》は、そうしなければ電車に乗込めないという一点にかかっているので、電車にも乗れないということは大きく言えば、現世で生活出来ないという事に他ならない。此の世に生存して行くためにそんな悪を自らに許容しているということ、すべての人が多かれ少なかれ自分のエゴイズムを容認しているということ、これはなみなみならぬ事であると私は思う。

此の局面を打開するために、私達市民はどうすれば良いか。それは電車をどしどし製作して誰でも楽に乗車出来るような世の中を造れば良いのだ。皆がその方向に力を合わせること、この事には私も異存はないのである。しかし電車をふやせば全部が解決出来るという言い方には少しばかり疑問を持つ。電車が楽に乗れるようになれば、私ももともと好きこのんでやっていることではないから、他人を突き飛ばすことを止めるだろう。しかし止めたからと言って、人を突き飛ばそうとする素質をまで私が失った訳ではない。病根は表面からは消えたけれども、心に深く根強く残っているだろう。そして長い一生だからそれは他の形で表面に現われるかも知れないし、また現われないかも知れない。現われなければ私達の市民としての生活には狂いはないかも知れないが、その病根を胸にひそめていること、そしてそれを意識していること、そしてある一時期にそんな所業を自分に許容したという事は永久に消えぬ。

私は一年余の短い期間を応召兵として軍隊に暮した。私と一緒に入った連中には大学の教授もいたし工場の技師もいたし、実直な銀行員もいたし温良な牧師もいた。そして私は、飢に堪えかねて教授が残飯をぬすむのも見たし、員数を揃えるために洗濯物を牧師が泥棒した話も聞いた。娑婆《しゃば》のあり方では、そのようなものを否定することによって自分の生活を築いて来た之等《これら》の人々が、此の荒くれた世界で、自分の持つ悪の可能性を頭の中でなく行動でもって確認したということ、私が最も関心するのは此の点である。私の軍隊生活は終始内地であったが、ブーゲンビルやニューブリテンやその他の島々では、もっともっと苛烈なものであったことは、帰還した友達からも聞いたし容易に想像も出来る。現在あの教授が再びどんな具合に子弟を指導しているのか、どんな表情であの牧師が神の道を説いているのか、私は知らない。知らないけれども彼等は（私も含めて）あの頃は辛かったよと笑い過して済むような浅傷でないことだけは確かだ。

いわば此の大戦で、日本人は日本人がたとえばどんなに背徳不倫のことをやれるかということなどを、観念や可能性の問題ではなく、現実の行動として探り得たわけだ。民族としてもそうだけれども、個人個人の場合でも己れにひそむすべてのものを拡大して摑《つか》み得たに違いないのだ。それは兵隊に取られたとか取られないの問題ではなく、あの時代に生きたものに逃れられない宿命みたいなものであった。何等かの意味で、すべての人は皆自己というものと対決せざるを得なかった。

そして戦が終った。今の時代というものは又別の意味のエゴイズムと対面しなければならない時代である。思想的な屈身やポーカーフェイスは必要としなくなった代りに、例えば私が止むなく老幼を突き倒すような羽目となって来た。自分の生存を確認する為にはどのような事をも自分に許容したくなるのも、あの闇を毅然《きぜん》として拒んだために栄養を失調して死んだ教授のようになりたくない為である。先ず生きることが第一義だということは、私のみならずすべての人が此の戦争を通じて克《か》ち得た考えに違いないのだ。死を賭して闇を拒んだという事に対して、私も感動を覚えない訳ではない。しかしそれは人間の極北的な象徴としての意味はあるが、現実の個体の在り方としてはほとんど無意味である。それは誰しも我身をかえりみて感じていることに相違ないから、あの教授に対して起ったさまざまの批判は、皆どこか風が吹き抜けているような空洞があって、結局はそんな事が起らないような社会を造らねばならぬという判り切った話に落ちた如くである。そんな不徹底な口舌を私は憎む。

戦後の現在の人間の特色は、つまり自分の心の極限的な可能性を行動でもって確認し、現在確認しつつあるという点であると私は思うのである。そしてそれは、必ずしも人間のマイナスの部分、悪や利己心のみでなく真善美に対する極限性でもあることを私は信じるが、しかし後者は実生活を犠牲にすることでのみ追求出来るものであるらしいから、只今生活をないがしろにするということはなみなみならぬことであるし、私の場合で言えば私は老婆を突き転がして電車に乗ったり、法網をくぐって米を買出ししたり、そんな自分を眺めることだけが私の日常である。もっと金に困って来れば強盗にもなれる予感を自分で今持っているが、この事が私には悲しい。罪の意識をもってある事をなした者は、既に彼自身に対して彼は前科者だ。生きて行くために自分の弱さを認容している現代人は、すべて罪人である。私とても自らのエゴイズムを良しとするわけではない。しかしそれを認容しなければ生きて行けないから私はそれを肯定する。肯定する処から新しく出発したい。もし現世に新しい倫理があり得るなら、人間の心の上等の部分だけでなれ合ったようなかよわい倫理でなく、人間のあらゆる可能性の上に、新しく樹立されるべきであると私は思う。私は既に日常生活に於《お》いて、私自身に対して前科数百犯の極悪人だ。だからこそ私は自分の悲願の深さを信じる。そして血まみれの掌を背中にかくして、口先ばかりで正論めいた弁舌を弄する論者や、果敢《はか》ない美をうたう詩人や、うそつきの小説家を憎む。何故皆は、現代の人間が、そして自分が、そのような位置にいることを率直に認めようとしないのだろう。認めた場所から何故始めて行かないのだろう。定着した場所を持たずに中ぶらりんの虚空から、何故もっともらしい顔で電車をもっとふやせと説いて行けるのだろう。私には判らない。

世代の傷痕、とかそんな抽象的なことは私は苦手で、誰かに説明を聞きたいと私は常々思うが、私の場合は以上述べたような恰好で生きて来た。そして今も生きている。やや不健全な市民として今から先も歩みつづけるだろう。そして戦争中の環境が私に強いた生き方、現在が私に強いる生き方を、感傷を混える事なしに見詰め探って行きたいと思う。それは私個人の問題ではなく、すべての人の胸にも通うものに違いない。その中から光を摑み出す以外には、光はどこにもありはしないのだ。その他の光はすべて偽光である。代用食やカストリ焼酎のような代用酒で、私は現今止むを得ず自分の飲食慾を満たしている状態だが、精神をまで代用の光で明るくしようとは思わない。代用品は日常生活の上だけで結構である。

近頃の若い者

　この一両日、まったく暑い。こんなに暑くては、仕事するのも厭になる。昨日は東京は摂氏三十八度四分あったそうであるが、今日も昨日に劣らず暑い。頭の中が軟かくなっているらしく、考えの筋道さえ立たない。私は昔はそうでもなかったが、近頃は頓《とみ》に暑さに弱くなってきたようだ。伊藤整がある雑誌に、北海道人は寒さには平気だろうと言うが反対である、と書いていた。ある年の冬、九州生れの福田清人が股引《ももひき》をはかずにいたのを見て仰天した話。つまり暖国の九州人の方が寒さには強いという説なのだが、寒さはそれとして、暑さはどうであろう。暑さには逆に寒国人が強いという説が成立するかも知れない。私も九州生れであるので、そこで暑さがこんなに身にこたえるのだろう。

　暑さが私の職業に及ぼす影響ということになれば、まず以上のことが第一であるが、それとは別に、如上《じょじょう》の個人的肉体的現象でなく、社会的文壇的なひろがりを持った現象が私の身辺に毎年あらわれて来る。すなわち夏場になると、ふしぎなことに私は毎年流行作家的な症状を呈してくるのである。原稿や座談会やその他いろいろの注文が、春頃にくらべるとぐっと増してくるのだ。それから秋場になると、次第にそれらは減少してくる。この現象に私は二三年前から気がついていて、どうも変だ変だと思っていたのだが、この頃になってやっとその原因をつきとめることが出来た。問題はその夏の暑さにあり、かつ私の家に電話があるという事実によるものであるらしい。

今電話が私の家にあると書いたけれども、正確な意味では、電話がある家の一部に私が寄寓していると言った方が正しい。その電話は私の所有物ではないが、家にくっついている関係上、私は私の職業のために利用している。その電話が流行作家と何の関係があるかと言うと、からくりは簡単である。夏は暑い。人間なら誰でも暑い。私も暑いが、新聞雑誌の記者編集者も暑い。暑いとあまり日向《ひなた》をてくてく歩きたくない。そこで原稿などの注文も、出来るだけ動かないで、すなわち電話などでやろうとする傾向が出て来る。ところが電話などを自前で持っているような作家評論家は、たいていふところがあたたかいので、暑い東京を離れて涼しい海山へ、あるいは温泉場に出かけて、そこで仕事をするということになる。電話持ちで東京に止っているのは、まことに寥々《りょうりょう》たるものである。そこで勢い注文は、その寥々の人々に集中する。そして私は自前の電話持ちではないが、形式の上ではその寥々たる一人であるので、私にも注文殺到ということになる。一日に五つの雑誌新聞社から注文を受けたことさえある。こうなると私もちょっと自分がひとかどの流行作家であるような錯覚を起し、起居の態度もいくらか重々しくなり（暑さで体がだるいせいでもあるが）、軽口や冗談もあまり言わず（これも同前）、傲然《ごうぜん》と座敷で昼寝などをしている。

そんなに注文があるのなら、昼寝ばかりしていないで、どんどん書き捲《まく》って流行したらいいではないかと、家人も言い私も考えるのであるが、そこはそれ天は二物を与えず、先刻も書いたように私は暑さに弱い。今年はことにその傾きがあって、この七月八月を通じて私がした仕事は、この社会時評とあと二三の雑文だけ。小説などはついに一篇も書けなかった。毎年の例で言うと、秋口になって涼しい風が立ち始める頃から、私の体力頭脳力は回復にむかい、存分に（と言うほどでもないが）仕事が出来る状態になるのだが、時すでに遅し、その頃になれば海から山から温泉場から、さっきの腕達者の連中が続々と帰京してきて、私などが無理をしないでも、結構新聞雑誌は発行されるという仕組みになる。毎年この同じ繰返しである。暑さが私に流行作家になる条件を与えてくれるのだが、同じくその暑さが私を流行させることをさまたげる。そういう因果関係になっている。生きて行くということも、なかなか思うようにはならないものだ。ついでながらつけ加えると、秋を過ぎて冬に入ると、またいくらか私の身辺も流行の兆《きざ》しを見せる。これによって、我が国の流行作家評論家の若干が、避寒に出かけるという事実を推定することが出来る。私の夏と冬の流行具合から推定すると、連中の避暑と避寒の対比は、大体十対一ぐらいではないかしら。すなわち連中は避暑は大いにやるが、避寒はあまりやらないらしい。わざわざ出かけずとも、防寒設備のととのった邸宅に住んでいるからだろう。火野葦平談によると、イギリスで小説でめしを食っているのは五指に満たないという。我が国にあっては百指をあまるだろう。文運隆盛というべきか。

こんなに文運隆盛になったというのも、雑誌類がよく売れるからであり、つまり小説類の読者が戦前よりぐんと殖《ふ》えたせいなのだろう。そこで文筆業が職業として、有利な職業として成立する。一応の筆力と相当な体力（どちらかといえば後者の方が大切）があれば、あとはチャンスさえあれば人々は流行作家になれる。という風に私も考え、近頃の若い者も考える。近頃の若い者、とうっかり筆を辷《すべ》らせたけれども、よく考えてみると私がこの言葉を筆にしたのは、これが生れて初めてである。そう書いたからには、もうこの私は若くはないのか。その思いが私の気分を大層憂鬱にさせる。

私は生れつき身体が弱く、幼年時代には満足に育つまいと言われ、小学校時代は体操の時間が一番いや、長ずるに及んで戦争にかり出されて身体はがたがたとなり、そして今日に及んでいる。戦後は毎年一回、必ずと言ってもいい程、病気をする。病気といっても、風邪や腹下しは病気の中に入らない。まさか癌《がん》とか潰瘍《かいよう》とかそんな大病はまだやらないが、中級の病気が毎年一度ずつ私を訪れる。一昨年は原因不明の熱病（新型のチフスらしいという医師の推定）、昨年は左右の第一大臼歯の抜歯、という具合で、今年は上半期を過ぎた頃から、何か憂鬱な兆候が私の身体にあらわれ始めた。この憂鬱な兆候については、あまり筆にしたくないのだが、また社会時評の枠を離れることにもなるが、まあ筆のついでに書いてみると、先ず一日の夕方になる。夕方になると夕刊が来る。その夕刊を縁側に拡げて読もうとすると、どうも眼がちらちらして、焦点が定まらない。新聞を遠くに離すと、いくらか輪郭がはっきりするようだが、しかしそうなると細かい活字は読めない。そしてある夕方、何気なく眼鏡を外《はず》してみて、私は少なからずおどろいた。眼鏡を外すと、細かいすみずみの活字まで、実にあざやかに浮び上って来るのである。その瞬間私は、活字を読むたびに眼鏡を額にずり上げる中老の人々のことを考え、私の症状がそれに酷似していることを確認した。いささかの狼狽《ろうばい》も同時に感じた。戦後派の俊秀が、もう老眼症状になったとあっては、可笑《おか》しいやら気の毒であるやら、また世間に対して申し訳のないような気もするのであるが、事実であるから仕方がない。とはいうものの、まさかという気持も一部にはあって、私はすぐ立ち上って眼科医にかけつけ、眼鏡ならびに眼玉を診察して貰った。眼科医は女医であったが、眼鏡は異常なし、眼玉は症状としては老眼であるけれども、疲労のためにそういうことになることもあるという。気の毒そうな、なぐさめるような口調であった。そこで私はその足でとってかえし、別の内科医の門を訪れ、れいの新薬をお尻に注射して貰った。牛の脳下垂体か何かを粉末にして、それを蒸溜水に溶かしたやつである。この薬だけは五十歳になるまでは注射しまいと、かねて私は心に決めていたのだけれども、事情がこうであればもう止むを得ない。そしてこの新薬はかなり私に効果があった。すなわち翌日から老眼症状はさっぱりと消失した。

その日以来今日まで、その症状が再発しないかというと、憂鬱なことにはそうではないのである。疲労のためかどうかは判らないが、時にその症状がぼんやりとあらわれてくるのだ。その度に私は、これは何でもないと強いて楽天的に考えてみたり、あるいは自分の肉体も盛りを越したのだから、あとはいたわりいたわりして使って行く他はない、と考えてみたりする。かなり佗しい心境である。こういう心境が背景にあるからこそ、ついうっかりと、近頃の若い者という言葉が辷《すべ》り出たのだろう。すでに自分が若者でないという意識が、胸のどこかにわだかまっている。脳下垂体の移植を必要とするような若者はあり得ないのだから。しかしまあ逆に言うと、この牛脳のおかげで老眼にもならず、まだ形状的には若者の仲間入りをしていると、言えなくもなかろう。爾来《じらい》路傍で牛と出会うたびに、私は感謝の眼でもって眺めるのである。

脳下垂体のみならず、近頃の医薬は飛躍的に進歩して、新聞紙上の薬の広告を見ると、どんな病気でもなおらないものはないような気配であることは、大変めでたいことである。そしてこれが、単に誇大広告ではないという証拠には、日本人の平均年齢が以前よりぐんと大幅に引き上っていることでも判る。たしか私の小学校の頃は、日本人の平均年齢は四十五歳ぐらいであった。ところが今は、五十五歳ぐらいだったかな。二十数年の間に十二歳ばかり伸びている。すなわち医業医薬の発達のため、二年間に一歳ずつぐらい引き上っている勘定になる。これが一年に一歳ずつ引き上ってくれると、どんなに有難いことだろう。そうすれば私は永久に死ななくて済む。私がいくら歳をとっても、平均年齢も同じ速度で上るから、いつまで経っても死亡年齢に到達しないからである。是非そういうことに願いたい。その点について一般医業医薬にたずさわる人々に、なお一層の努力と奮起を要望する。永久に生きる、となれば、もう老人も若者もない。近頃の若い者という言葉も自然と消滅する。しかし悲しいかな現今では、まだ生命は有限であるので、どうしても近頃の若い者がということになる。

で、近頃の若い者という言葉であるが、これはそのあとに必ず否定とか悪口がつながる決めになっていて、過去のどの時代にもこの言葉は存在した。さるエジプト学者に聞いた話だが、先年ピラミッドかどこかに発見された象形文字をその道の専門家が苦心して解読してみたら、やはりそこにも近頃の若い者が云々という文章があったそうである。日本でも江戸時代の文章の中に、私は同じ趣旨のものを読んだ記憶がある。どの時代においても、近頃の若い者は、ばかで無思慮で浮薄で、あらゆる悪徳に満ちている。「近頃の若い者はなどと申すまじく候」太平洋戦争中そんな言葉もあったが、その言葉と共に幾多の若い者は特攻隊となり、空しく死んで行った。つまり利用価値のある場合にのみ、老人ならびに中老は青年の悪口を控えるもののようである。それにしても、近頃の若い者に告げるが、近頃の若い者云々という中老以上の発言は、おおむね青春に対する嫉妬の裏返しの表現である。一時的老眼症状におち入ったこの私の言であるから、これは信用してもいい。それは嫉妬であり、また一種の自己嫌悪の逆の表現である。いろいろヴァリエイションはあるだろうが、大体基底においては同様のものである。

私も若い時は若かったし(当然のことであるが)、中老も老人も同じく若い時は若かった。そしてすべて若かった頃には、その時々の老人連から、近頃の若い者は云々と言われて来た。その口調をちゃんと覚えていて、さて自分が年寄になった時、使用しているのである。私は今次大戦に海軍に引っぱられ、兵隊としていろいろ苦労したが、まあ初め二等水兵として入隊する。すると兵長というすごい階級がいて、これが若い兵隊を殴ったり棒で尻をひっぱたいたり、そしてきまり文句で説教をする。そこで、あわれなる上水、一水、二水の面々は、耳にたこが出来るほど同じ文句を聞かされ、それをちゃんと覚えこんでしまう。そして順々に兵長に進級して行くと、同じ文句と同じやり方で、若い兵隊を説教する。はんこでも押したみたいにぴったり同じなのである。「近頃の若い者云々」も型としてはこれと同じだ。その時代その時代で、文句の枝葉末節に変化があるだけに過ぎない。

しかし現代においては、近頃の若い者を問題にするよりも、近頃の年寄を問題にする方が、本筋であると私は考える。若い者と年寄と、どちらが悪徳的であるか、どちらが人間的に低いかという問題は、それぞれの解釈で異なるだろうが、その人間的マイナスが社会に与える影響は、だんちがいに年寄のそれの方が大きい。これは言うまでもないことだ。若い者にろくでなしが一人いたとしても、それは大したことではないが、社会的地位にある年寄にろくでなしが一人いれば、その地位が高ければ高いほど、大影響を与えるものだ。そして現今にあっては、枢要の地位にある年寄達の中に、ろくでなしが一人もいないとは言えない。いや、言えないという程度ではなく、うようよという程度にいると言ってもいい状態である。それを放置して、何が今どきの若い者であるか。

こう書いて来ると、何か私がひどく若者の肩を持っているようであるが、実はこの小文で、近頃の文学志望の若い者に対して、老眼的視角からやっつけてやろうと予定していたのだけれども、どこかでペンがスリップして、妙な方向に来てしまった。そしてついに時間も紙数も尽き果てた。やっつけは別の機会を待つ他はない。やはり酷暑に仕事するものではないようだ。

文学青年について

前号において「近頃の若い者」を論評するつもりで、書いているうちに筆が横すべりして、ついに論旨不徹底なあいまいな文章になってしまった。これはその続きというのではないが、大体そんなところから書き出してみようと思う。れいによってまた中途半端な、あやふやな文章にならなければよいが。

しかし、実を言うと、私は今時の青年のことをあまり知らないのである。もちろん新聞や雑誌、あるいは映画などを通じてのそれは私も知っているが、実物についての接触を私はあまり持っていない。若者とのつき合いがないのだ。若い者が慕って集まってくる、そんな親方的性格で私はないし、また私は私のことで手いっぱいで、近頃の若者とじっくり話し合いたい余裕や欲求もほとんどない。しかし私は私の職業の関係上、文学を愛好あるいは志望する青年たちに、時折接する機会がある。この青年たちから、一般の青年を律することが出来るかどうかということになれば、おそらくそれは不可能だろう。だから一般的な青年論は私には書けない。こんな例もあった、あんな例もあったという風な、個人的記述にとどまるだろう。

今書いたように、私は親分的性格を全然持たない。むしろその反対の性格である。と言うことは、子分的性格だということではない。私は子分的でもなければ、群れたがるメダカ的性格も持たぬ。体力ならびに気力の弱さから、自然に気持が内側に折れ曲り、現実に対してはひたすら防禦《ぼうぎょ》の一手、刺戟に対してはかたく殻《から》を閉じ、追い立てられれば止むなくおろおろ歩く。私は私自身の本来の性根を、先ずそういう具合に了解している。先日意を決して医者に全身の細密な健康診断をしてもらったが、その医師の言によれば、私の身体は先天的無力体質というのだそうで、まあ動かず働かず、心身を休めておくのが第一番の健康法だとの説明であった。そうすれば案外こんな体質でも、人並み以上に長生きするものだそうである。無力体質とはおそれ入ったね。しかし安静が第一番かも知れないが、現今のような悪時代には、それはどうにもならない。自分で自分の尻を追い立てても、とにかく働かねばならぬ。ところが底の底には、他人を邪魔せず、そのかわり他人からも邪魔されたくない無力の性根がわだかまっているので、たとえば私のところに小説原稿を持ってくる青年たちは、たいてい一目で私の非親分的性格を見抜くらしく、再訪してくるのはほとんどまれである。私もその方が好都合であるが、向

う の方でも私如きにかかり合っては、埒《らち》があかないと思うのであろう。というのは、彼等の全部が全部ではないが少なくとも七〇パーセント以上は、文学愛好または志望者ではなく、文壇愛好ならびに志望者なのである。しかしこのことは、いちがいに非難し慨嘆すべきことではないかも知れない。文学が、職業として、しかも有利な職業として成立している以上、それは当然のことともいえる。文士という職業は、うまくゆけば、巨万の収入をもって酬《むく》いられる。ことに今年は各種全集が濫立《らんりつ》したから、年所得総額一千万円を超える作家が続出するだろう。一応の筆力、それに旺盛な体力があればいいのであるから、青年たちがこの職業をねらわない筈がない。その点において、近頃の文学青年は、昔日のそれにくらべて極めて実利的であり、筋道がはっきりしているように思う。

　近頃の文学青年について、諸家が書いた文章やしゃべった座談会などを、私は時折雑誌あたりで見かける。それによると、現代文学青年はおおむねなっとらんという説が多く、原稿を送って来ると同時に、たとえば「新潮」なら「新潮」という具合に紹介発表の雑誌を指定して来たり、原稿料はいくらでその中二割は謝礼に差し上げると書いて来たり、そんなのが多いそうだ。まさかそんなのばかりではなかろうが、極端な例として出ているのだろうと思うが、いくらかその傾向はあるらしい。

　で、それでは昔日の文学青年が、今時のにくらべて実利的でなく、きわめて純粋であったかどうかということになれば、これはちょっと疑わしい。二昔ほど前、あれは杉山平助だったかな、「文学青年屑説」というのを発表し、物議をかもしたことがある。杉山平助はその後、戦争中に松岡洋右《ようすけ》などをかつぎ、侵略戦争を支持することによって、ついに夫子《ふうし》自身が屑《くず》的存在になり下ってしまったが、その「屑説」によると、近頃の（つまり二昔前なのだ）文学青年は人間の屑であって、働きはないくせに大言壮語し、肉親や他人に恬然《てんぜん》として迷惑をかけ、名誉欲物欲が人一倍強いくせに孤高を気取る、どうにもしようのない人間の屑だと言うのである。そういう風に私は記憶している。これを正論だと仮定すれば、昔日の文学青年の方が、今時のよりもっとなっとらんではないか。今時のそれの方が、目的意識がはっきりしているだけでも、はるかに立派だと言える。ところが現実には、二昔前のその屑の中から、たまたま選ばれて作家となり、現代活躍しているところの諸家から、今の文学青年は屑あつかいにされている。すなわち前号において書いた如く、「近頃の若い者」はいつの時代においても屑なのである。だから今時の若い者は、そんな老人の繰《く》り言に耳をかしたり反撥したりする必要はなかろう、とも思う。

それで、すなわち文壇に出るためには、前記の如く既成作家のところに原稿を送りつける手以外には、懸賞に応募する手とか、まだ他にもいろいろあるが、一番の正道としては同人雑誌を発行するという方法である。同人雑誌を発行して、堂々と文学賞をねらう。

同人雑誌というものは、これは売るためのものでなく、一応の修業の場であり、目的としては既成の作家評論家あるいは編集者に読ませよう（そして実力のほどを認めさせよう）というところにある。昔からそうである。現今全国に何百冊の同人雑誌が発行されているか知らないが、かくてそれらが流行評論家作家先生がたにどしどし贈呈される。ところが先生がたは、原稿生産に日も夜もない有様であるから、なかなか読んで貰えるというわけには行かない、二三日前見た某同人雑誌の編集後記に、どうせ俺たちの雑誌は風呂の焚きつけだと、自嘲しているのかあてつけているのか、そんな風に書いてあるのがあったが、まずそのような運命も時には免れないであろう、しかし大金を出し合って雑誌をつくり、それをてんで読まれないとあっては、その非生産性において現代文学青年の耐うるところでなかろう。

先日私を訪問して来た某同人雑誌所属の某青年に、雑誌を発行するのも大変だろうねと言ったところ、滔々《とうとう》として発行の苦心を話してくれた。その苦心談の一節に、発行日云々のことがあって、それが私を大へんおどろかせた。同人雑誌を何日に発行するか。先生発行する以上は、それは是が非でも贈呈先の先生がたに読まれなければ意味ない。先生がたに読ませるには、まず先生がたが比較的ひまな日がよろしい。文芸雑誌綜合雑誌の〆切が大体月末、だからその月末は避ける。〆切に迫られていては、同人雑誌もくそもないからである。それから中間雑誌の〆切が大体月の十日、この頃も避ける。次に避けるべきは、月の十三四日前後と、二十三日前後。これは前記営業雑誌の発行日であるから、先生がたのところにはそれらの雑誌がどさりと送られて来る。先生連は読むなら先ず営業雑誌を手にするにきまっているし、読むほどに読み疲れて、ついに同人誌の方は封も切られず、そのまま風呂の焚きつけということになりかねない。そこでこれは不得策。その他の日をえらぶにしくはなし。

某青年のその苦心談を聞き、私はかつは驚きかつはほとほと感服して、工夫はそれだけなりやと反問したところ、青年莞爾《かんじ》として答えて曰く、以上の鬼門日を避けた日々の中から、こんどは日曜日をえらびます。すなわち日曜日は、雑誌社は言うに及ばず、全体が一般的に休みだから、先生到達の郵便物は、日曜日にごっそり減る。ところが先生連中は職業上、ある程度の活字中毒にかかっていて、一日中何の活字にも接しないという状態に耐えられない。その機微に乗じて、月曜日に到着するように、日曜日に投函する。すると月曜日、何か活字に接したくてうずうずしていた先生のもとに、その同人誌がぽつんと舞い込んでくる。そして先生はいそいそと封を切り、ふつうなら風呂の焚きつけにするところを、すみからすみまで読了するということになる。

この日曜日発送の月曜日到着という着想には、さすがの私も感心のあまり声も出なかった。もうこうなると、同人雑誌発行も魚釣りじみて来る。熱心な釣師が糸や針をえらび、餌に苦心するのと全く異ならない。如何にして先生がたをひっかけようか、涙ぐましきまでの工夫である。昔日の文学青年にはこんなのはいなかった。もっと抜け目があった。しかしこの青年のように、細心緻密にして抜け目ないのは、これも一概に邪道であるとも言い切れないだろう。もともと同人誌は第一に先生がたに読ませるものであるから、読ませるために綿密な手段と計画を立てるのは当然の話であり、またサービスと言えるだろう。ことがら自体は決して悪いことではない。

ところがいよいよの問題はその先にあるのであって、こんなに細心に諸事に気がつき、人間心理にも通暁しているらしきところのこの青年が、その雑誌に掲載している小説を読むと、一読啞然《あぜん》、甘くてだらしなくてばかばかしくて、とてもこれが同一人の作品だとは全然思えないのである。文学以前においてかくも俊敏なる青年が、いざ文学となるととたんにだらしなくなるのは何故であろう。

以下、その青年の口裏と私の推察をないまぜにしながら、その理由を探ってみると、それはつまり結論として彼等が文壇的であり過ぎるからである。すなわち彼等の目指すところは、片々たる心境小説のたぐいではなくて、百万人の文学千万人の文学なのである。出来るだけ多くの人に愛読されようというたくらみであり、またそうでなければ文学に志した意味がない。現在において百万人の文学とはなにか。形状的には中間小説がそれにあてはまる。で、彼等は中間雑誌の小説類にその範をとる。これは全国の文学青年の大多数に共通した傾向であるように思う。私はそれを実証するかなりのデータを持っている。

ところが現実に中間小説とは何か。最初の構想としては、これは片々たる文壇小説にあき足らず、視野のひろがりを持ったすべての社会人に読まれる小説、すなわち百万人の文学という発足であったが、現実のあり方としては、文壇小説家が自分の力量に水をうすめ、いい加減な思い付きといい加減な行文でもって頁を埋める、そんな状態におち入っているようである。何故こんなことになるかというと、まあ作家の才能というものは、如何なる大才といえども限度があって、これを温泉にたとえて言えば、湧出量に限界があるというようなものだ。だから如何に湧出量が大であっても、旅館ホテルが続々建ち千客万来ということになれば、自然と旅館一軒あたりの原湯配給が僅かになる。僅かであれば、万来の客をすべて入湯させるというわけには行かないので、量を増すために水を混ぜる。

現代中間雑誌が軸としてねらっているのは、もっぱらそういう流行温泉の如き作家なのであって、作家側は止むを得ず（全部が全部ではなかろうが）水でうすめた自分の作品をわたすということになる。そんな水をうすめない原湯だけの作家はないかというと、それはあるにはある。そういう作家は地味な山奥の温泉みたいなもので、旅籠《はたご》を二三軒建て、細々と、その代りほんもの混じり気なしの原湯でもって商売をしている。中間雑誌がどうしてこんな作家を使わないか。それも温泉で言えば、交通の便が悪く、行き着くのに努力を要するとか、名前が売れていないとか、原湯は原湯だけど硫黄《いおう》の匂いが強過ぎて一般的でないとか、いろんな理由があげられる。すなわち水でうすめられていても、前記の流行温泉に殺到するというわけだ。百万人の読者なんて、つまり口当りさえよければ、ほんものもにせものもない、そういうところからも来ている。すなわちここにおいて、小説は文学でなく、娯楽品である。極言すればパチンコ並みと言ってもよろしい。

そのパチンコ並みの小説を、百万人の文学と錯覚し、それを範にするところから、前記の青年のようなあやまちも出て来るのではないかと私は推察するのであるが、またこのパチンコ並みを読み、なにこの程度なら俺にだって書けると、そこで奮発して文学を志すような青年もあるかも知れない。こんな水うすめで一枚数千円もかせぐ、じゃ俺も、というわけだ。かくて小説の質が年々歳々低下するに比例して、文学志望の青年の数も増してくるのだろう。文運隆盛と言っても、裏に廻ればあやふやなものだ。

現在の中間小説について少々悪口を言ったが、お前も時々中間小説を書いているではないかと、誰かに言われそうな気がする。その時は、私は私を含めて悪口を言ったんだと答える他はない。まあ悪口というものは、常にかならず、全部自分のところへかえってくる。世の中は大体そんな仕組みになっているようだ。

私の小説作法

「小説」というものは、それがつくられるためにいろいろと複雑な個人的（また社会的）な条件があり、また単に技術だけで製作されるものではないから、その「小説作法」なるものは「ラジオの組立て方」とか「ダンス教習法」などとは根本的に異なる。かんたんに伝授出来るわけのものでない。また伝授される側からしても、研鑽《けんさん》これ勉めてついに免許皆伝にいたる、という筋合いのものではない。

もし「小説」が、剣術あるいは忍術に類するものであれば、世の小説家は絶対に「小説作法」なるものを書かないであろう。その「小説作法」を皆が読み、その奥義を会得することによって、やがて師をしのぐ作品をどしどし書かれては、今度は師の方が上ったりになるからである。それでは困る。私だってそうやすやすと上ったりになりたくはない。

しかし小説というものは、現在においてはそういう仕組みのものではなく、伝授不可能なものが大部分を占めているので、私も安心して「私の小説作法」が書ける。現在においては、と今書いたが、将来小説はどうなって行くか。それは私も予想出来ないけれども、あるいは将来において、小説の実質がすべて技術的なもので充たされる、ということも考えられないでもない。つまり小説が、創作されるという形から、合成されるという形に変って行き、その小説製造者も個人から集団ということになって行く。現在の映画製作のような機構になって、小説が合成されるだろうということを、私はかつて考えたことがある。

そうなれば個人の作家というのはなくなって、あいつは筆がなよやかだから濡れ場のところを分担させようとか、こいつは間抜けた才能があるからギャグ効果を受け持たせようとか、それぞれの技術と才能において小説に参加する。もうそうなると小説も「作法」などというなまやさしいものでなくなってくる。そういう大小説になると、個人としての批評は細微の点までつけなくなるので、批評家たちも集団を組んで、批評文の合成をもってこれに対抗する。

そうなればそんな大小説も大評論も、読者個人個人の鑑賞の手にあまるから、誰も読まなくなってしまう。誰も読まないとなると、小説も評論も企業として成立しなくなり、そこで文学は終焉する。文学者たちはみんな失業し、六ヵ月間失業保険の支給を受けたのち、それぞれニコヨンなどに転落して行く。寒空の道路工事場でスコップの手を休め、水洟《みずばな》をすすり上げながら、昔日の小説家の幸福をうらやむということになるかも知れない。

しかし私が生きている間には、まだそんな事態は来ないだろう。来たらたいへんだ。来るということを考えたくない。

小説というものは大体十九世紀が頂点で、以後徐々に下降して行く傾向にある。小説家の幸福もその線に沿って下降して行く。個人の豊かな結実、その豊かさがだんだん減少し、貧弱になってゆく。他の人間、他の職業人と同じく小説家自身もだんだん細化され分化されて行く。一方社会機構はその細分化された人間を踏み台にして、ますます複雑化されふくれ上って行く。個人としての小説家は、もうその弱々しい触手をもってしては、尨大《ぼうだい》なる社会機構をとらえることは出来ない。機械の中の一本の釘となり、硬直した姿勢で、釘としての役目を果たすことで精いっぱいになってしまうだろう。

破局的なことばかり書いたが、幸い現在はまだそこまで押しつまっていないので、小説家が自由業として成立する。現在小説家という職業は、身分的に言ってもあやふやなものであるが、仕事の内容もあやふやであって、明確にされていない部分が非常に多い。小説を書こうという衝動、発想、それらと現実との関係、現実を再編成して第二次の現実をつくり出す方法や技術、その間における作家の責任、その他もろもろのことが、ほとんど明確に規定されることなく、作家の個人個人の恣意《しい》(?)に委《まか》せられている。だから小説家は自分の方法をもってそれぞれ作品をつくっているわけであるが、自分の方法と言ってもあいまいなもので、精密な設計図として内部にあるのではなく、大ざっぱな見積りとしてしかないのである。いや、見積りという程度のものもなくても、小説作製は可能である。自分の内部のものをむりに明確化し図式化することは、往々にしてその作家の小説をだめなものにしてしまう。むりに見積らない方が賢明であるとも言える。自分の内部の深淵、いや、本当は深淵でなく浅い水たまりに過ぎないとしても、それをしょっちゅうかき廻し、どろどろに濁らせて、底が見えない状態に保って置く必要がある。底が見えなければ、それが深淵であるか浅い水たまりであるか、誰にも判りゃしない。自分にすら判らない。自分にも判らない程度に混沌とさせておくべきである。その混沌たる水深が、言わば作家の見栄のよりどころである。作家という職業は虚栄心あるいはうぬぼれが強烈でなければ成立しない職業であって、それらを支えているものがその深淵であり、あるいは深淵だと自分が信じているところの水たまりなのである。一朝ことあってその水たまりが乾上《ひあが》り、自分が小説を書く技術だけの存在になったと自覚した時、その作家は虚栄心を打ちのめされて絶望するだろう。絶望したとたんに、作家以外のものに変身するだろう。たとえ小説作製は相変らず継続して行くとしても。

　小説家というものは、判らないからこそ小説を書くのである。判ってしまえば小説なんか書かない。小説家は何時《いつ》もそんな逃げ口上めいた言い訳を持っている。デーモン、いやな言葉であるが、そんなもの持ち出して来る。自分の内部の水たまりに、そんな主が棲息しているかどうか、ひっかき廻しても幸いにどろどろに濁っているので、自分にも判然しない。判然しないけれども、そうだと信じさえすれば、それは棲息しているのと同様である。いてもいなくても、要は信じること。他のことは何も信じないでもいいが、これだけはこの職業では信じなくてはならない。自分は才能は貧しくとも、芸術家としては一流でなくても、ほんものかにせものかという点では、断じてほんものであるという自覚、これが大切である。

　この私の考え方はやや古風な考え方であって、私以前の文学者の心得みたいなものなのであるが、まだこれはすぐに廃《すた》る考え方ではないから、今から文学に志そうとする人も、これを一概にしりぞけない方がいいだろう。昭和初年の文学青年たちは、みんなそれを信じることによって生きて来た。あの頃文学に志すことは、現今と違って、ほとんど現在を捨てることと同義であった。自分の水たまりに棲むものが、竜であるか、あるいはドジョウであるかミジンコであるか、一生かかっても判らないことだ。その判らないことの上に、文学者の意識なり生活なりが成立する。その成立の状況もいろいろあやふやなものがあって、内部の水たまりが乾上ったのに、乾上ったという自覚症状がなく、そのまま継続している場合もあれば、水たまりはそのままでも、ドジョウそのものは腹を上にして死んで浮き上っているという場合もある。複雑多岐であって、そこらのかねあいがむずかしい。

とにかくそういう個々の立場から、小説家たちはそれぞれ自分の方法で、現実の一片を切り取ってそのまま書くとか、すこし変形して書くとか、架空の材を使って書くとか、いろいろのことをやる。れいのドジョウとのかかわりの上において、あるいはかかわったつもりの上において、小説というものが作られる。「私の小説作法」という題で、私は自分の事は語らず、なんだか見当違いの事ばかり書いてしまった。書き直す時日もないのでこのまま出すが、まことにだらしなく申し訳がない。

人間回復

近ごろは連夜の停電で仕事は出来ないし、電熱器でにたきはもちろん出来ないし、たまさかの配給の魚類は古くて生食できないし、炭は手に入らないし、困って九州の国もとへ無心状を出しても手紙の往復だけで二カ月もかかる。急場の間に合いはしない。生活とみに困窮して憂鬱の極みだが、さてそれについて腹がたつかといえば、別段腹もたちはしない。電燈はつかないもの、配給魚は腐っているもの、と初めからあきらめているからなので、ときたま九州からの手紙が一週間でついたりすると、たいへんおどろいてしまう。なんだか裏切られたような気持になってしまう。考えてみると、こんな私の人間不信の気持は、このごろ始まったものではなくて、ずいぶん古くから根をおろしているようだ。何時ごろから根を張ったのか知らないが、今次の戦争を通じてそれが非常に強められてきたことだけは確かだ。

私も人なみに軍隊に行ってきてああいう非人間的な組織のなかで日本人がどんなこと

をやれるか、たとえばどんな不合理なことがやれるか、どんな背徳的なことがやれるかという可能性をこの眼でまざまざとながめてきた。そのことを自分の心のなかにも探ってきた。

いま連合軍の軍事裁判などにかけられている日本人の背徳不倫の行為にしても、私の持っているものと全然異質のものではなく、私のものの延長線上にあることを私は感じるのだ。たとえば南方で行われたという、人間の食慾が人倫をふみ越えたような出来事も、私と関係のない人獣の仕業であると私は思わぬ。戦争中の、また現在の私の飢餓の、延長線上にある窮極点にそれは位置するのだと考える。だからそんな意味で、私がそんな環境におかれたとすれば、人間の節を持して死を選ぶかということにおいて、私は自信はない。もちろんその時になって見なければ判らないことだけれども、そんな破倫を自分はやらぬとは私は断言できないのである。その点において、私は自分に絶望している。絶望した形で自分の人性を信じているといってよい。この気持は多かれ少なかれ今の日本人の中にあるにちがいない。街角でたとえば辻強盗にはがれたとしても、別段警察にとどけでる気になれないのも、警察力への不信がそこにあるには違いないが、根本的には、そのようなことが驚天動地の出来事でなく、ほとんど日常的な事件であるからではないのか。彼に内在する振幅のなかに、辻強盗というものも含まれていて、単に偶然にこの場合加害者と被害者にわかれただけの話であって、たとえば満員電車の中で足を踏まれたことと、さほどのへだたりもない。いつかはこちらから足を踏むこともあり得るのだ。つまり社会の混乱というのも、各自の心の中の混乱の反映で、各自の内在する病根が、そのまま形となって風俗にあらわれているにすぎない。すくなくとも私の場合ではそうだ。だから去来する人間悪に責任を私がもち得るというのも、その点においてのみであって、自分に絶望した場所から人間の回復をめざして行く他はないのだ。

だから矢張り私は傍観者を憎む。われわれにいま、彼岸がある訳がない。現在立っている場所だけしかないのだ。傾斜した今の場所で、もっと傾斜がひどくなれば、私は人をつきおとすこともあるだろうし、足をひきずりおとすこともあるだろう。そして自分を救おうとする気持だけが、やがて他を救う気持になってゆくことを私は信ずる他はない。それ以外の、高遠な弁舌や図式でもって、この荒廃した精神の風土を救えると考えるものは、ことごとく迷妄の輩にすぎぬと思う。

この東京という原始的大村落において、ひとびとは暗黒の夜々を過し、波にうちあげられた腐魚をたべ、己れの身を己れで守るすべを自らとらざるを得ないものの如くである。いわば穴居時代と大差ない状態にまで立ちもどった。われわれはもはや市民ではなく、人類である。人間を回復し、社会をうちたてるため、この現在のスタートラインに皆がならぶこと、そして各々が自分がこのスタートラインに立っていることを認めることが絶対に必要なのであって、スターターになったり応援団になることは必要でない。この必要でない人種が現今の文化面をある程度しめていて、これが文化における混乱を招致しているもののようだ。しかしこれは、本質的な混乱ではない、単に文化の衰退にすぎぬものと、私は近ごろ考える。この連中を先ず葬らねばならぬ。

衰頽からの脱出

生活やその他のものに疲れて、何をする気もなくなり、ほとんど全く消耗し虚脱したような状態になることが、近頃の私にときどきある。かぞえてみるとこんな状態は、私のばあい周期的にやってくる。一定の時期をおいてほぼ確実に私に訪れてくる。精神のありかたというよりも肉体の生理にちかい。そのような一種の空白のあいだ、私は何をすることもなく部屋にすわっていたり、あてどもなく街をあるいていたり、酒精《アルコール》性飲料をむちゃくちゃに飲んでいたりする。泥酔して他人にからんだり、意識を失ってしまうのも、きっとそんな時なのだ。泥酔しているときは別として、そんな状態で覚めているときの私が、いつもぼんやり頭にうかべつづけている一つの夢想がある。いや、夢想というほど形のはっきりしたものではなく、うつらうつらと頭の片すみに浮んでくる泡沫みたいなものに過ぎないのだが、それは此の世のあらゆる人間関係が極度に透明で、それらのたたずまいが確然と数学的に割切れているような、そんな他愛もないユートピアじみた世界の幻想だ。そんなはかない幻想を、私はある執拗な憧憬をもって、頭の片すみで追いかけている。その幻想の世界の中では、人間というものは北国の空気のように透明で、色んなものが変に屈折することがなく、内奥と表現とが狂いなく一致しているのである。たとえばここでは、心理と論理とは同義語であり、倫理という言葉もそれと同じ意味になってしまう。そのような世界の幻想を、衰弱した気持の状態のなかで、私は一日中ぼんやりと追いつづけているのである。

もちろんこれは私の衰弱した幻想で、筆にするほどの価値のあるものでもない。しかしこんな幻想が、私の疲労した状態にかぎって浮んでくるというのも、私をとりまく現実があまりに泥沼みたいに澱《よど》んでいて、いつもは手足をもがくことでその抵抗をたしかめているのだが、疲労して張りを失ってしまうと、末期《まつご》の眼にうつる来迎《らいごう》のように、私の頭にそんな幻想がうかんでくるのだろう。そんなとき私は漠然と、私をとりまく環境を憎悪し、憎悪している自分をさらに憎悪している。私をとりまく環境というのも、皮膚面で感知する範囲はいわば向う三軒両隣にすぎないが、そのとき私が茫漠と感じているものを突きつめてゆけば、やはり問題は私と生活や風土を同じくしているもののすべてに拡って行くようだ。

ひとことにして尽せば、この日本列島という貧しい風土に発生した日本人の気質というものを、私は極度に好まないのだ。もちろんそのような気質は、私が日本列島の住民であるかぎり、私の中にも確然と根をおろしていて、その気質を否定することは、私にとっては自分の宿命を否定することと同じようなことで、そんなことが可能であるわけがないが、しかし私がそれを嫌悪する気持に嘘はないのだ。だから、私は自分を憎むかたちで、それへの憎悪をたしかめる。私の中にも巣くう貧しくひねくれた気質を、そしてそれが産むさまざまの習俗を。今ふりかえってみても、物心ついて以来私が苦しんだり感じたりしてきたのは、やはりその根元にはそれが横たわっていて、それが「家」という形や「義理人情」という形になって現われていて、もし私が自分の精神史をかくとすれば（今書けばあおくさいものが出来上るにきまっているから書きはしないが）先ずだいいちにそれをテーマに取り上げざるを得ないだろう。そして生涯を賭してもそれを超克できぬかも知れぬという予感があるからこそ、それに対する私の憎悪はきわめてふかい。

日本的気質とは、一言に尽せば、精神の本質的な衰頽である。「天地正大の気が粋然として神州にあつま」った瞬間、風土やその他の関係で一種の気質的なものに変形し、それが衰退に衰退をかさねて現在にいたったものがそれである。この気質は今なお日本全体をおおっていて、終戦後といえども、近頃結成された最も進歩的な団体が、その内部は親分子分の関係でつらぬかれていたり、文化面にいまだ徒弟制度が存続していたりするのがそれだ。こんな時代になってもそんな制度を発生させる母胎としての我々の気質を、私は身もすくむようないやらしさでふり返らずには居れないのだ。封建制度の残存、などと安心しているわけにはゆかない。残存なんかしているものか。皆が産みだしたくせに。ことを日本文化に限っても、この衰頽があるいてきた道程に、風流とか、花鳥風月とか、個を滅して大我に参ずなどと、言葉は立派だけれども、ひっきょうは自我を埋没して他によりかかろうという精神がある。自我の壮大な完璧さをいとう精神である。完璧に耐え得ないほど衰えはてた精神である。それはもはや精神ではなくて、気質というものにすぎない。精神とはもっと筋金が入ったものだ。だからこと文学に関しても、我が国の文人のおおむねを貫くものは、作家精神というものではなくて、文人気質であるに過ぎぬ。精神が貫かぬ風土に伝統がうまれるわけがなく、現在私たちが過去から受けとっているものは、伝統というものではなくて、一種の気質的な偏向なのである。明治以後日本文壇を覆う自然主義にしても、世界文学史の中での正しい位置のそれでなく、極めて日本的衰頽の相を帯びた変則的な自然主義であり、それから派生した日本的私小説の流れが、つい此の間まで(あるいは今も)日本文壇の主流を占めていたということは、日本の精神的な風土のもつ不幸を、もっとも露骨に示していると言ってよい。

このような日本の精神風土の不幸の因を、単に日本の歴史や現実の未熟という点に帰するのは、私は誤りであると思う。なるほど日本はまことに後進国で、明治維新以来かけ足で追いつこうと努力しているのだから、その点あらゆる部面で未熟とは言えるだろうけれども、もし単純に未熟であるとするならば、それは日本の不幸ではない。単なる未熟は、そのまま素直に成熟への可能性をはらんでいるからだ。ところが日本の現在の状態は、決して素直な成熟の可能性をはらんでいるとは言えないのだ。日本の不幸というのは、そこにある。未熟でありながら一種の偏《かたよ》った完成を示していること、日本文化の、あるいは日本社会の最大の不幸はそれである。たとえば、日本の社会や人間や風俗は、さきほど書いた私の幻想の世界には絶対に到達しないのだ。私が今完成というのは、かんたんに言えばあの盆栽の松のような完成のしかたで、それ自身では完璧であろうとも、すくすくと伸びた雄大な松の大樹の完成ぶりとは、全然別種のものである。日本という国は、その意味では完全に成熟している。自己を発掘するかわりに自己を埋没させる姿勢の精妙さで、透明さを頂点とする人間関係のかわりに日本的心理のあやを微細に磨きあげるような接触のなかで、日本は動きがとれぬところまで成熟をはたしているのである。歴史的文化的に後進国であるという未熟さは、ほとんどそこらで巧みにすりかえられ、肩替りされて、今や翻訳文化その他で世界への眼は開かれているにも拘らず、悠々として日本的私小説の流れが文壇の主流をしめ、日本の短篇小説は世界でも一流の域に達していると放言するような文士があらわれたり、俳諧が世界で最高の芸術と盲信するような迷妄が出てきたりするのだ。しかしこれらの偏った完成の母胎であるところの日本的気質は、それ自身極度の衰頽であるにもかかわらず、日本人の心の中からはなかなか衰退しようとはせず、牢固《ろうこ》としてはびこるのみのようだ。終戦後の混乱といえども、それは抜きがたいもののようである。

しかもそのような衰頽にたいして、私たちは生理的な魅惑を感じ得る素質をめいめい持っていて、いわばそれが私たちに背負わされた十字架のような形になっている。文学史をひもとくまでもなく、若い時それに叛逆して西欧風に心酔した文人たちも、ほとんど例外なく晩年にいたれば、日本的風懐のとりこになって、俳句をつくったり擬古文めいた文章を綴ったりしてしまうのを、私たちはあまりにも多く見すぎてきた。もちろんこれは、老年になって人間として高い段階にすすんだからでは決してない。肉体的な衰頽が意識の衰退に合流したにすぎないので、人間としての努力を放棄すれば誰だって楽な姿勢をとるにきまっている。まして彼等の西欧風への心酔はたんに趣好にすぎなかったものだから、はじめから人間としての姿勢はそこになかったわけである。(という具合に私はむりに私自身に言い聞かせる)

私の心の中にも、その日本的衰頽にひかれる気持は充分にあって、それもはっきり意識に入れた上で、重ねていうけれども、私がそれを嫌悪する気持に嘘はないのである。私はせめてここから出発しよう。もがくことで抵抗をたしかめながら、出来ることなら脱出を完成してみたいのである。私は日本人であることよりも、人間であることに喜びを感じたいのだ。もし日本人というのが、日本的衰頽を身につけた人間という意味であるならば。そして私は、現在生きて行くことに疲れ、虚脱したような場合でも、胸にうかんでくるあのような他愛ない幻想を信じることで、自分自身の精神の生理を改変してゆく他はない。そしてそれは私個人の問題でなく、すべての日本人の問題に通うことと思うから、そこを手がかりにして、この衰頽した偏向のなかから脱出してみたいと、私はちかごろ切に念願するものである。

聴診器

どうも私は寒さがにが手だ。子供の時分からそうであった。夏の暑さは平気だが、冬の寒さには手こずる。寒風を真正面に受け、裸の脛《すね》をさらしながら登校する。霜柱がごりごり立っている。あるいは粉雪が顔に吹きつける。そのつらさを、今でも私は実感をもって憶《おも》い出せる。

暑さがきらいなのと、寒さをにが手とするのと、どちらが多いか知らないが、これは趣味やものの考え方で分れるのではなく、多分に体質的なものであるようだ。体質的だから遺伝する。私のおやじも寒がりだったし、うちの息子も寒がりだ。寒がりの上に、なまけものだ。(寒がりと怠けたがりにも何か関連があるらしい)

うちの息子は小学校四年生である。毎日いやいやながら登校している。

「ちえっ。小説家なんていい商売だなあ。こんなに寒い日に学校に行かなくって済むんだから」

その頃は私はまだぬくぬくと眠っているので、息子のせりふは耳に届かない。届けば怒るにきまっている。

「何を言ってんだ。おれがお前の歳ごろには、足袋《たび》も長靴下も禁止されていたし、手袋なんてもっての他だったんだぞ。今のお前は外套にくるまって、毛糸の手袋してんじゃないか。ぜいたく言うな。体じゅうを顔と思え！」

しかしそんな精神主義は、今の子供に通用しない。体全部が顔だという発想は、今の子供には無縁なのである。

息子は学校でクラス新聞を編集している。そのクラスから、新聞が二つ出ている。初めはひとつだったのに、分裂して二つになったのだ。仕事の分担や編集方針でもつれが生じて、一部の豆記者が叛旗をひるがえして、脱退して独立した。息子はその脱退組の方である。

「お前、首になったんじゃないのか？」

つまり、のけ者にされてむかっ腹を立てて別の新聞をつくったんじゃないかと、おやじである私が心配して訊ねてみると、

「首じゃないよ。あんまり自分勝手をするから、追ん出てやったんだ」

同志結合して別の名の新聞をつくった。競争紙が出来たわけだ。競争となると、励み

がつくもので、息子も以前よりずっと新聞製作に熱心になったようである。私の家で編集会議などを開いたりしている。

ところがどうも元の新聞の方が、級友たちには評判がよくて、息子たちのは成績が上らない。息子に命じて二紙を取寄せてみると、元の方が字（謄写版の）もきれいだし、よくまとまっている。息子の方のやつは、上りがきたないし、記事にとりとめがないのである。

かくてはならじと発憤して（私がではない。息子たちがだ）新企画をもって対抗しようということに、編集方針が定まった。その手始めに、学校近くに住む有名な人の訪問記事を取ろうじゃないかと、相談一決して、最初に漫画家の手塚治虫氏の家に押しかけて行ったらしい。菓子を御馳走になったり、漫画の原画をもらったりして、息子は嬉々としてうちへ戻って来た。

「すごい家だよ。手塚先生の家は。地下室があるんだよ」

息子は眼をかがやかせて報告した。

「庭が広くて、ずっと芝生になっていて、池があるんだ。そして僕たちがいる時、先生のお父さんが庭に出て――」

池の金魚に餌をやったり、のんきに芝生に寝ころんで週刊誌を読んだりしていたのだそうだ。

　そこまではいい。そこでうちの息子は何を感じたか。それが私をおどろかせた。

「うらやましかったよ。僕も早くあんな具合に――」

　稼ぎのある息子を持って、自分は金魚に餌をやったり、芝生で昼寝したりするような境遇になりたい、というのがうちの息子の感想なのである。私はびっくりして反問した。

「お前だけがそう思ったのか？」

「いや。皆そう言ってたよ。あんな具合になりたいって」

　私はいくらか心細くなって来た。

「おれにはよく判らないけどね、早くあんな風に稼ぎのある人物になって、お父さん、つまりおれのことをだな、ラクをさせて上げようという風には、感じなかったのか？」

　息子はしばらく考えていたが、

「なるほどねえ。そんな考え方もあったか」

　精神主義だの立身出世主義が、近頃の子供に縁がないという、これは適例だろう。どうも私は、時代の裂け目に生れて来て、損をしたような気がしてならない。

　寒さから話は妙な方に飛んだが、つまり私は心境的にも体質的にも寒がりである。その寒がりが、よせばいいのに、正月は信州に行って過した。そのために肝臓をいためたり、副腎に故障を生じたり、帰京しても流感にやられたり、いろいろ医師の厄介になった。私のかかりつけはM医師で、Mさんは私と同年の卯《うさぎ》年である。今年になって、数え切れないほど、胸や腹に聴診器をあてられた。ついに聴診器に食傷して、心やすだてにMさんに訊ねた。

「その聴診器、ぼくも欲しいんだけれど、いくらぐらいするんですか?」

「聴診器? 何に使うんです?」

「特別の目的はないんですがね」

「そうですねえ。昔は象牙を使ったりして高かったけれど、今は合成樹脂で安いですよ。五百円ぐらいかな」

「では、ひとつ、取寄せていただけませんか」

特別の目的はないが、私は子供の時、あれが欲しくて欲しくて仕方がなかった。一体あれを使うと、どんな音が聞えて来るのだろう。またあれは子供にとっては、病気を退散させる権威の象徴みたいに感じられるものだ。

「そうですか。では取寄せましょう」

というわけで、一週間後にあこがれ(?)の聴診器は、わが手に入った。代価は五百五十円。安いものである。

早速裸になって、まず自分の心臓の音を聞いて、大げさに言うと、私は肝をつぶした。土砂くずれのような、落雷のような、大音響を発して、私の心臓は鳴りとどろいていた。頼もしいと思えば頼もしいが、気味が悪いという感じも、一面にはある。これは拡大された音であって、実際の音でない。という観点から、聴診器と文芸批評家の関連を論じようと予定していたが、残念ながら紙数が尽きた。次の機会にゆずろう。

閑人妄想

私の娘は今中学三年生で、せっせと勉強している。そう根をつめずに、すこしは遊んだらよさそうに思うが、そうは行かないらしい。昭和二十二年生れの終戦子は実にたくさんいて、今春には莫大な中学浪人が出る。浪人にならないためには、勉強しなければならぬ。こちらが勉強すると、他のやつがそれ以上勉強する。するとこちらがそれ以上。また向うがそれ以上という悪循環で、三当五落という言葉も出来ているそうだ。一日五時間眠るともうだめで、三時間ならまああという意味である。おそろしいことになったもんだ。

もっともうちの娘は、たっぷり八時間は眠っているらしい。（らしい、というのは、私は、一日十時間から十二時間眠るので、確かめるすべがない）

一体どういうつもりで日本人は、昭和二十二年にえっさえっさと子供をつくったのだろう。そしてこんな状態に至らしめるなんて、ばかばかしい話だ。とはいうものの、私も生んでいるのだから、他人をとやかくは言えないけれど。

こんな人口過剰の世代は、もう数年続く。私の息子は小学五年で、ここらもまだ多い。平常に復するのは、今の小学三年の頃かららしい。息子の方は、まだ高校受験に間があるので、のんびりと遊んでばかりいる。あまり勉強しないと、中学三年になった時困るぞと言うと、

「大丈夫だよ。ぼく、中学を卒業したら、二年浪人して上げるよ」

二年浪人すれば高校の門も楽になるから、心配しなさんなという、これは親孝行のつもりの台詞《せりふ》なのである。向うじゃ親孝行のつもりだろうが、こちらは屈強の若者に二年間も家でごろごろされちゃ、上ったりである。

適度の競争は人間をして向上せしめるけれど、過度の競争は往々にして人間性を荒廃させるものだ。この年代の競争は、高校受験だけでなく、大学、人生を通じ、死ぬまで続くのである。この世代が社会の中堅になった時、社会や文明がどんな様相を呈するか、興味津々《しんしん》などとうそぶいてはいられない。

もっともこの世代のみならず、大体今の日本の広さに、一億人が住むのは無理じゃないだろうか。戦争前のように、内地人口が五千万程度がいいところであるというのが私の説で、そのことを随筆に書いたら、某氏の某著（その本は信州に置き忘れて来て手も

とにないので、正確には書けないが）の中の批評では、それは不可能なのだそうである。五千万が一億になり、殖えた五千万人が仕事がなくて暇を持て余しているかと思うと、一億全体がやたらに忙しがっているようだ。仕事が忙しいし、遊ぶことにも忙しい。どこの仕事場もどこの遊び場も満員で、割り込むすきがない。勤勉だと言えば聞えがいいが、すでに荒廃の相を呈していると言う方が正しい。つまり忙しいというのは実質的だが、忙しいような気分になっているだけだ。忙しがっている気分に照応する内容は、ほとんど貧寒である。

過日藤原審爾君より電話があり、竹岡沖に魚釣りに行かないかとの誘い。行ってもいいが、今骨をすこし傷めているので、断った。人口という言葉がある。釣り人口。碁人口。登山人口。テレビは人口と言わずに台数というらしいが、この何とか人口というのは、戦前にはなかったような気がする。その各人口がやたらに殖えて、たとえば釣り人口も戦前から何倍にも殖えて、それに見合う魚数がないので、釣果零《ぜろ》であたり前、いくらか釣れれば儲けものという具合では、やはり荒廃と言わないわけには行かないだろう。そこで竹岡くんだりまで遠出することになる。電車や汽車もそれで満員になり、釣ることも結構忙しい暇つぶしになって来る。

登山人口、これもたいへんなもので、戦前五千万から今一億で、登山人口が二倍になったかというと、そうでない。算術的でなく、幾何級数的に、五倍にも八倍にも殖えている。それで山に登ったという実感も実質もなくなって、ただ忙しかったという後味だけが残る。エネルギーの消耗だけだ。

狭い庭池の中に金魚を二三匹入れると、彼等は実にゆうゆうとのんびり泳いでいる。これに数十匹入れると、彼等は俄然忙しくなり、右往左往してあばれ廻る。今の日本人の忙しさは、つまるところそれじゃないのか。多過ぎて、ところを得ないのだ。やたらに殖えたことも良くないけれど、それに対応した政府の無策がよろしくない。

いつだったか必要があって、朝の通勤電車を見に行ったことがある。聞きしに勝るすごいラッシュで、押し屋さんがぐいぐいと押し込み、人間たちはまるで経木の中の佃《つくだ》煮みたいに、重なって詰め込まれていた。よく不平不満が出ないものだ。もっともある人の説によると、これは政府の陰謀であって、も少しまばらな混み方にすると、通勤客は政府の無能無策に思いを致す。ところがあれほどぎゅうぎゅう詰め込むと、人間は押して来る周囲を憎むのがせいいっぱいで、政府に思いを致す余裕がなくなるのだそうだ。新聞などの記事では、押した押さない、足を踏んだ踏まないとのささいな原因で、喧嘩がよく起きているようだが、その喧嘩は皆政府に対して吹っかけるべきで、被害者同士が相争うのは政府の思う壺なのである。夢の超特急など、不要なものだとは思わないが、通勤電車の増設にくらべれば、はるかに不急なものである。大阪まで三時間で行きたけりゃ、飛行機で行くがいい。

まあそんな具合にあちこちが混むのは、人間が殖えたせいであるが、体位が向上したことにも大きな原因があるらしい。大正時代の男の背丈は五尺二寸、女は五尺足らずというのが普通だったが、今は違う。うちの娘でも百六十六センチあるし、男で百八十や九十はざらである。今は腕力が単位になる時代でないから、思い切って体質改善（？）して、ピグミイ並みに一メートルぐらいにしたらどうだろうか。そうすれば電車も混まないし、すし詰め教室もなくなる。釣りだって今ハゼ釣りに行く人がメダカを釣りに行くようになるし、私はゴルフは嫌いだが、ゴルフ場も三分の一に縮小出来る。建物も階ごとに中仕切をつけて、五階建てが十階分に使える。でもこれには欠点がある。たとえば犬や猫が、人間の縮小にしたがって猛獣化し、人間をかみ殺したり、ひっかいて重傷を負わしたり、手近なところはそんなものだが、大きなところでさまざまの不都合が起きるだろう。――ということで紙数が尽きたが、以上、あまり忙しがりたくない人間が、ベッドの上に寝そべっての、とりとめもない妄想だと読み流していただければ幸甚である。

二塁の曲り角で

　うちにはエスという名の犬がいる。昭和二十三年頃、何となくうちの縁の下に住みつき、子供がめしなどを与えているうちに、とうとううちの飼犬になってしまった。正式に登録し、犬税も滞納せずに、きちんきちんと払う。容姿も大したことはなく、芸もろくに出来ず、取得のない犬だったが、私は種に困るとこのエスを小説や随筆に書き、犬税や餌代を上廻る原稿料を稼いだ。その点で私はエスを大いにとくとして、三度の食事も私が吟味して、うまいものを食わせてやっていた。

　そのエスが、昨年（昭和三十三年）の暮、突然死んだ。

　朝八時頃、私が犬飯をつくって、犬小屋に廻ると、エスは小屋の中にいず、小屋の前の地べたに横になっていた。犬小屋の内には藁《わら》が敷いてある。こんなに寒いのに、藁に寝ず、何故つめたい地べたに寝ているのか。三米ぐらい離れたところから、そう思いながら、私はしばらく観察していた。三米《メートル》以内に近付かなかったのは、なんだか妙に動《どう》悸《き》がして、気味が悪かったからである。

そのまま三分間ばかり観察して、私は犬飯を持ち、台所に戻って来た。犬飯を塵芥《じんかい》入れに捨て、うちのものに言った。

「エスが死んだらしいよ」

うちのものたちは直ぐにどやどやと飛び出して、やがてぞろぞろと戻って来た。やはり死んでいたのである。

そこで、庭に埋めてやらなくちゃとか、死骸をあそこに置き放しじゃ困るからどこかに移さなくてはとか、わいわい言っていたが、図体の大きな犬だから、女子供の手に負えない。私にそれをやれ、と言い出して来た。私はことわった。

「死骸というやつは、気味が悪いからイヤだ」

「だってこの前、カロが死んだ時、自分で埋めたじゃないの。犬の死骸も、猫の死骸も、死骸という点では同じよ」

カロというのは、三年前に死んだうちの猫の名だ。

そうだ。死骸という点で同じであることは、私も知っている。しかし死骸に対する私が、三年前と今とでは違っている。

三年前、カロの臨終を私は眺めていた。カロは柳行李《やなぎごうり》のぼろの中で、最後の痙攣《けいれん》をして、そのまま動かなくなった。（このカロのことについても、私はずいぶん原稿料を稼いだ。）カロの身体からその瞬間、生命が去って行った、という実感がその時私に来た。つまり動かなくなったそこにあるものは、カロ、マイナス生命、という具合に感じられた。だからそれは不気味でなかったのだ。私は庭の隅に、カロを埋葬し、石を積んでやった。

昨年末のエスの場合は、そうでなかった。三米の距離から見たエスは、エスの身体から生命が引揚げたのではなく、エスの身体に死というものが、忌わしい死が到来した、という感じが強くあった。私が気味が悪かったのは、そのやって来た死であった。生命が去ったって、死がやって来たって、現象としては同じようなものだが、実感する側からすると、ちょっと違う。彼は快活な人間だというのと、彼はおっちょこちょいだというのとぐらいには違う。

犬飯を塵芥入れに捨てながら、

「つまりこの犬飯をつくったのは、むだだったというわけなんだな」

と、わざと呟《つぶや》いたりしてみたが、もちろんそれでごまかし切れるものでない。

結局、死骸を放って置くわけには行かぬので、近所の八百屋から大型蜜柑箱を買い求め、年少の友人の秋野卓美君を電話で呼び出して、詰め込み方を依頼した。彼は直ぐにやって来た。子供たちが蜜柑箱に紙を貼り、秋野君がエスの身体をぎゅうぎゅう詰め込んだ。私は依然として、三米離れたところから眺めていた。三米というのに意味があるわけでないが、どうもそれ以上近づく気になれない。子供が花をたくさんエスにかぶせ、秋野君が蓋《ふた》にがんがんと釘を打ちつけた。

「どうして近寄らないんですか?」

と秋野君が聞くから、私は答えた。

「あれ以来、ちょっと具合が悪いんだ」

犬の医者に電話して、その蜜柑箱を持って行って貰った。火葬料三百円とのことだったが、まさか人間の火葬場に持って行ったのじゃあるまい。(そんなことをすると、人間が怒る。)犬猫専門の火葬場が、どこかにあるらしい。犬医者の自転車のうしろにくくりつけられて、蜜柑箱が遠ざかって行く風景は、何か趣き、いや、趣き以上のものがあって、私は何だか身につまされるような思いがした。

昨年の十月だったか、呉九段と高川本因坊の対局があって、観戦記者として私はおもむいた。その時私は疲れていたと思う。一日目の夕方、私は対局室から控え室に降りて来て、毎日新聞の三谷水平さんと碁を打っていたら、急に気分が悪くなって来た。そのまま横になった。顔の筋や頭の中にしきりに痙攣が走って、何とも言えないいやな感じである。三谷さんは驚いて、持薬の心臓薬を服用させ、窓をあけ放った。一酸化炭素の中毒をも懸念したのである。直ぐ電話をかけて、医者を呼んだ。

医者が来るまでの二十分間、死ということがちらちらと私の頭をかすめた。ああここで死ぬのかも知れないな、それならそれでもいいや、という気持だったと書きたいところだが、随筆にうそを書いてはいけないという決めがあるそうで、それならば、やはりここで今死んじゃ困る、切に困る、という気持の一本槍であった。しがみつくようにして、医者の到来を待ちこがれた。医者はやって来た。先ず聴診器で心臓をしらべ、つづいて血圧を計った。血圧は百九十あった。（あとで医書で調べたら、こんな発作を高血圧症の脳症と言うらしい。）降血圧剤を注射して、医者は帰って行った。その日は絶対安静で、もちろんお酒も飲まず、うつらうつらと眠った。その夜半、その宿に泥棒が入った。呉九段の部屋から現金を、三谷さんの部屋からカメラその他を盗み、自動車で東京方面に逃走した。（どういうわけか私の部屋には入って来なかった。）三人組だったとのことで、翌朝その話を聞いて、私はその三人組に対して憎しみと同時に、かすかな羨望を感じた。羨望というのは彼等の行動性に対してだ。おれがこんな具合になって、身動き出来ないのに、あいつらは事もあろうに泥棒なんかをはたらいている。怪《け》しからんという気持と羨ましいという気持がごっちゃになって、更に私の気力を無力にした。

翌日医者が再訪した時、血圧は百三十くらいに下っていた。

その時医者は言った。こういう体質の人は案外長生きしますよ。その言い方には憐みの色があった。何故、と私は問い返した。自分を大事にするからですよ、と医者は答え、帰って行った。だから大事をとってその日も安静、翌日東京に戻り、直ぐ帰宅すればいいのに、切符を持っていたから、後楽園でカージナルス対全日本の野球一回戦を見た。寒い日で、最後まで見るには見たが、選手たちが投げたり打ったり走ったり、それを見るのは楽しいというよりつらかった。泥棒に感じたのと同じような感じがあって、それがつらかったのだ。

その日をきっかけとして、心身の違和が何となく始まり、だんだん増大して、正月頃には最高潮に達した。心身の違和と言っても、正月頃は心の方が八分、身の方が二分、あるいは九分一分の配分で、気分の方が参ってしまったのである。常住坐臥《じょうじゅうざが》死のことを考えている。死について哲学的省察をめぐらしているのではなく、もっと低次元でそいつとつき合っているのだ。死についていくら考えたって、結論は出ないことは先刻御承知だけれど、向うから忍び入って来るからかなわない。

この状態はよくない。放って置けないと考えたのが大晦日で、明けて一月三日友人の神経科の医師広瀬君の家に相談に行った。私の訴えを聞いて、広瀬君は即座に言った。

「入院するんだね。それも直ぐ」

直ぐと言ったって、こちらにも仕事がある。仕事が終るのが五月初旬、その頃入院ということにして、それまで薬でつなぐことにした。四箇月間薬で持ちこたえられるかどうか、自信はなかったけれども、そうするより仕様がない。幸い今（四月二十日）まで持ちこたえたから、あとはどうにかやって行けるだろうと思う。

それから私は来訪者たちに私の病状を詳述し（いくらか誇張して）ＰＲを依頼した。こんな病気は、ひっそりと病んでいるのは面白くない。あまねく人々に知らせて、同情されたり、あるいはざまあ見やがれと思われたりする方が、心に緊張を与えて、精神衛生上有利であると判断したからだ。そのＰＲはかなり成功した。ざまあ見やがれの方は測定出来ないけれども、同情票の方は言葉やはがきになって、具体的に相当集まった。

ある人が言った。昔から四十二の厄年《やくどし》といって、その頃は身体の調子のかわり目で、何かが出て来るんだよ。君は厄年にしては少しひねてるけれども、人間の寿命が一般に伸びたから、現代はひねた加減のところで出て来勝ちなものだ。野球で言うと、二塁の曲り角にさしかかったんだね。

二塁の曲り角か。私は訊ねた。すると三塁は？　三塁は六十前後に来るそうだ。ではそのあとは？　あとはホームまで一直線さ。なるほど、なるほど、あとはホームインまで一直線かと、私は了承した。すると一塁は？

「一塁は青春だよ」

というのが、その男の答えであった。そういえば私にも思い当る節がある。私は大学に入った時から卒業までの四年間、心身の違和（これも心の方にウェイトがかかっている）が続いて、学校には出席しないし、被害妄想もあって、それで下宿の婆さんを殴って怪我させて、留置場に入れられたことなどもあった。たしかにあれが一塁の曲り角だったに違いない。その頃の日記を読むと、ほとんど毎日のように「荒涼として死の予感あり」だとか「暮夜眼覚めて死をおそるることしきりなり」とか、そんなことばかり書き連ねている。荒涼として死の予感があった青年が、別段病死もせず自殺もせず、のほほんとこうやって生き伸びているのだから、笑わせるようなものだが、やはり心身の違和を、若さで押し切ったのだろう。

「とうとうわしも二塁の曲り角まで来たか」

と、ある晩お酒を飲み、少し酔って書斎にひとりで坐り、そう呟いた。「僕」という呼称のかわりに「わし」というのが、自然に口から出た。そこでも少し、いろいろ使ってみた。

「わしは哀しい」

「わしは飢えている」

「わしは背中がかゆい」

わしという呼称は、作中人物に使わせたことはあるが、自分で使ってみるのはこれが初めてである。他人が使っているのを時々聞くと、イヤ味なものだと思うが、自分で使う分には、何だか勇ましいようなわびしいような、ちょっと趣きのあるものである。で、翌晩もお酒を飲んで(毎晩飲んでるみたいだ)うちのものたちを呼び集め、僕も二塁の曲り角まで来たから、以後僕はやめて、わしにしようかと思っていると相談したら、全員から猛反対を受けた。二塁如きでわしを呼称するのはまだ早い。それに近頃医業薬業の発達で、三塁の次はホームという形がくずれつつある。三塁の次に四塁、四塁の次に五塁と、次々に塁が続いているのが現状で、わしを使いたかったら、紀元二千年の祝典以後にしたらどうか、というのがうちのものたちの私への忠告であった。

紀元二千年の祝典というのは、私が以前書いた随筆で、それに日本地区の文化人代表として出席したい、というようなことを記した覚えがある。今でも出席したいと本気で思っている。私は千九百十五年の生れだから、紀元二千年というと、八十五歳になる。

そのくらいまでは生きられるだろう。歳も歳だから、私が団長ということになり、阿川弘之翁や有吉佐和子刀自《とじ》、それに私は外国語に弱いから通訳として遠藤周作老などを引具し、祝典の場所に出かけたいと思っている。どこで祝典が行われるか、やはりその時にならぬと判らない。

で、そういうわけで「わし」もあと四十余年経たぬと、使えないことになった。当分は僕一本槍だ。

とにかく来月には仕事が終り、入院する。この四五箇月、外歩きをしないで、家にこもってばかりいたので、身体が少々退化した。先日近所の靴屋に足の文数を取らせたら、十文二分になっているのには驚いた。軍隊にいた時は十文七分あったのだから、五分も退化したというわけになる。まだ若いんだから、本式の退化ではないだろう。運動不足から来る一時的現象に違いない。幸い今度の病院の療法は、あらゆるストレスを一応御破算にして、振り出しのところに戻す療法だそうで、退院の暁は大いに運動だの登山だのをして、足の文数だって十一文ぐらいにはなりたいものだと思っている。そうでないと、団長なんかつとまりそうにもない。

昔の町

昨年秋、九州旅行の途次、博多駅に下車した。ふと思い立った気ままな旅で、福岡では少年時代のあとを、熊本では高等学校、鹿児島では軍隊の陣地のあとなど、そんなものを見て歩こうという予定であった。義務も責任もない、気楽なひとり旅である。

博多駅前でタクシーをひろい、黒門橋からずっと伊崎の方に入ったお寺の前で止めてもらった。掘割の橋をわたり、荒戸町に入る。小学校中学校時代を過した家が、荒戸町四番丁にある。旧師範学校の運動場から、東へ二軒目の家だ。その家が今もって健在であるかどうか、焼失していないか、それは判らなかった。歩がそこに近づくにつれて、なんだか身内がじんじんと湧き立ってくるような気がした。

師範学校の運動場の土手に登り、あたりをずっと見渡した時、いきなり三十年前の風景を眼前にして、突然涙が出そうになった。ポプラや栴檀《せんだん》の木のたたずまいも、昔のままだし、そのひとつひとつの枝ぶりにも、はっきりと手ごたえのある記憶があった。子供たちがたくさん遊んでいたが、それらも三十年前と全く同じである。五分間ばかり私はそこに佇《た》ち、あかずその景色に眺め入っていた。その五分間の感じは、どうも文章では書けそうもない。

私の家は、焼け残っていた。私の家と言っても、もう今は他人の家で、見知らぬ表札がかかっている。内部を見せて貰いたいと思って玄関にまで入ったが、案内を乞う元気がどうしても出ず、そのまま外に出た。表から見ると、思っていたよりも案外小さな家である。よほど大きな家に住んでいた記憶が、完全に裏切られた。庭の柿や蜜柑の木などの丈も、記憶の中のそれとくらべると三分の一ぐらいしかない。子供は子供なりに自分の身長で大きさをはかっていたのだろう。

そこから西公園の通りに出、港町、簀子《すのこ》町、大工町ととうとう天神町まで徒歩で歩いた。夜は西日本新聞の木村節夫先輩から、おいしいフグと酒を御馳走になり、大へん酩酊した。昔の町を歩き廻った関係上、酒席の間でも私はいくらか感傷的になっていたと思う。

この次福岡に行く時は、修猷館《しゅうゆうかん》を見ようと思っている。どうも私は人見知りをするたちだし、卒業後二十年余り経つので、修猷館には手懸りがない。それでつい昨秋は行きそびれた。

暴力ぎらい

福岡市は私の故郷である。いや私の故郷は福岡市である。言葉にすれば同じようなものだが、ニュアンスが少しちがう。

私は福岡市に生れ幼時を福岡市に過した。福岡を私は大好きであった。青春に私は福岡が嫌いになった。福岡を脱出しようと思い、福高（旧制）を受けずに、熊本の五高をうけた。

五高から九州大学に行かずに、東京大学に行った。だから私の思い出は中学（修猷館）までということになる。

戦後また福岡が好きになる。二年に一度ぐらいおとずれる。しかしもはや家はない。旅人としてである。

室生犀星の詩に、

ふるさとは遠きにありて思ふもの
そして悲しくうたふもの
よしや
うらぶれて異土の乞食《かたい》となるとても
帰るところにあるまじや

とうたった心境が私の青春期にもあったわけだ。私の生れた頃の福岡は人口十万ぐらいの都市であった。那珂川をはさんで福岡と博多に分れていた。今はそんな区別はない。なにしろやたら広がって、人口も十万から七十万近くなった。那珂川なんかものの数ではなくなった。なにしろ私が小学校時代遠足に行った香椎《かしい》や今宿《いまじゅく》が、今や住宅街になっている。

昔日の姿は無いのである。

私は簀子町に生れ、荒戸町四番丁で育った。西公園の下である。親父は二十四連隊の将校で、毎日馬で連隊に通った。当時連隊は福岡城（舞鶴城）にあった。今はそこが競技場や平和台球場になっている。私は簀子小学校に通っていた。私の家の前は、九州女学校である。その九州女学校から私の家が見下ろせた。（その頃の九州女学生は今は六十位のおばあさんになっているだろう。）その視線をさけるために家ではいろんな果樹を栽培した。実に沢山の果樹があった。柿（二本）、ザボン、金柑子、夏蜜柑（三本）、蜜柑、ビワ（三本）、ダイダイ、イチジュクその他いろいろ。お隣の中山さんとの垣根は竹で、春になるとたけの子が生えた。家の前には下水溝があり石垣で作られていた。そこでは小さな魚が泳ぎ、石垣の穴には赤い弁慶蟹《べんけいがに》が数千匹住んでいた。この家は今でもある。しかし裏庭は他の家が建っている。下水溝は埋められて、なくなっている。十日ほど前私は福岡に行き、家をみて来た。溝に住んでいた蟹や魚たちは何処にいったのか。滅びてしまったのか。感傷が私の胸を突きさす。

　私がよく泳ぎにいったのは西公園の下の伊崎の浜である。今とちがってその頃は、海水が透きとおり二メートルぐらいは、みとおせた。泳ぎがあきると私たちは、魚を釣ったり、伊崎の漁夫の地引網の手伝いをした。手伝いをすると、バケツ一杯ぐらい雑魚《ざこ》をくれた。

　メバルやボラ、ハゼ、キスゴやセイゴなどが釣れた。また大濠に行ってフナやコイやウナギを釣った。また福岡港（当時は漁港）のドン打ち場（午砲）附近の波止場でいろんなものが釣れた。現代の子供のようにテレビもなくラジオもなく、遊ぶ対象は自然であった。だから夜は八時頃寝た。はたして今の子供たちとどちらが幸福だろうか。

春秋には遠足がある。お弁当はにぎり飯で、黒ゴマをまぶしてある。おかずはせいぜいコオナゴ（福岡ではカナギという）のつくだ煮と、タクアン（コンコンとよんだ）ぐらいのもので、勿論電車やバスはつかわず歩いていって歩いて帰って来た。前記の香椎や今宿、あるいは竹下などである。

太宰府まで往復歩いたこともある。これは修猷館時代のことだ。

先日の旅行で観世音寺に寄った。あそこらもみんな畠だったのに今では家が建っている。

菜の花ばたけに　入り日うすれ
見わたす山の端　霞ふかし
春風そよふく　空をみれば
夕月かかりて　におい淡し

さとわの燈影も　森のいろも
田中の小みちを　たどる人も
かわずのなく音も　鐘の音も

さながらかすめる　おぼろ月夜

その歌をうたうたびに、私はその頃の観世音寺附近の景観をありありと思い浮べる。今はその面影もない。鐘の音だけが昔のままである。

修猷館の校風といおうかモットーといおうか、それは「質朴剛健」というのである。それから五高は「剛毅朴訥《ぼくとつ》」という。私は質朴剛健でもなければ剛毅朴訥でもなかった。硬派でも軟派でもなく、平凡でめだたない生徒にすぎなかった。美貌と若さをほこるような生徒でもなかった。そのかわり丈夫で長もちするたちである。

その修猷館時代に、私は福岡が厭になった。福岡というより学校が厭になったのである。修猷館は、九州の名門校と今はいわれているが、昔も名門校であった。けれども当時の修猷館は野蛮でファッショ的傾向があった。軍人や政治家になった者は沢山いたが、文学に志す者など寥々《りょうりょう》たるもので、文士といえば故豊島与志雄先生、つづいて私、若い世代では宇能鴻一郎君ぐらいしか出ていない。校則はきびしくて和服で街も歩けない。父兄同伴でなければうどん屋にも入れない。私の弟忠生は、友だちとうどん屋に入り金が無くて食い逃げし、それが学校に知れて退学になった。それから忠生は東京に奉公に行き、兵隊にとられて蒙古で自殺をした。この話を軸に私は「狂い凧」という小説を書いた。余裕があれば買って読んでもらいたい。つまり修猷館の校則が忠生を自殺に追いやったのである。私はその修猷館を憎んでいる。

校則だけでなく校風も厭であった。新学期はじめに、今でいう部活動をしている以外の者は、応援の練習と称して裏の百道《ももじ》松原で数十日にわたって、応援歌の練習をさせられた。つまり応援というよりは下級生いじめなのである。その間に時々個人的にひっぱり出され、鉄拳制裁をうけるのだ。軍隊と同じで、反抗は出来ない。一人を数人がかりでなぐったり蹴ったり、押したおして顔を下駄でふみにじるのだ。血がだくだく出て白砂に吸いこまれる。

私は一度も鉄拳制裁をうけたことはない。しかし何十度となくその現場を見て、暴力を呪った。その気持は今でも同じである。私の戦争ぎらいはその暴力ぎらいから来ているのだろう。その暴力から逃げるために、私は四年の時福高を受けた。しかしおっこちた。五年になって我をはって福高をうけずに五高をうけた。そしてとおった。

五高は「剛毅朴訥」をモットーとしていたが、そういうものではなかった。修猷館にくらべるとはるかに自由で、気楽な学校であった。

私ははじめて青春の楽しさを感じ、文学に志すようになった。

福岡市内には西公園と東公園がある。西公園に登ると博多湾が一望に見渡せる。海の中道。志賀島。能古島。鵜来島など。こんな美しい湾をもった都市は日本でも数えるほどしかあるまい。夏になると西公園に行って蟬《せみ》をとった。東京にはいないが、そこには熊蟬がいる。私たちはそれをワンワンと呼んだ。ワンワンと鳴くからである。シャアシャア蟬と呼ぶ地方もある。大きな蟬で油蟬の三倍ぐらいあって、つかまえて頭を手にもつと、羽翅《はね》をふるわせて、ワンワンと鳴きさけぶ。その震動で手がふるえる程であった。

冬は福岡では雪が降らない。降ってもすぐ消えてしまう。そこでスキーやスケートは出来ない。だから冬の戸外での遊びはというと凧あげか独楽《こま》まわし。独楽は名島独楽といって福岡独特のものがある。それを敵のまわっている独楽にぶっつけて割ってしまう。その割るのが私の得意の芸だった。

正月の雑煮は東京風とちがって丸餅を使う。それからブリとかカツオ菜とかいろんな野菜を入れる。親戚の家にいって雑煮を御馳走になり、あと百人一首とかトランプとか加留多《かるた》とかとるのが正月の楽しみであった。

オキウトというのを人はあまり知らないだろう。海藻からとった食べものである。朝早く子供が、

「オキュウトわい」

「オキュウトわい」

と売りに来る。花がつおをかけて食うのだが、味はたんぱくでまあ味が無いといってもよろしい。それをおかずに朝めしを食うのである。もっとも私の家は父母とも佐賀の出で、朝は茶がゆに高菜の古漬をおかずにして、さらさらとすする。昼は弁当。おかずは蒲鉾《かまぼこ》の煮たのにコンコンぐらいのものだ。福岡の蒲鉾はおいしい。(今はどうか知らない。)スボつき蒲鉾など逸品であった。蒲鉾製造株式会社などはなく、各魚屋で自家製のを売った。一本五銭だったと思う。

うどん。これがまた逸品。東京ではうどんなどは車夫馬丁が食うものだと思っているようで、そばを尊ぶ。福岡ではそばも食わせるが余りうまくない。うどんが主体なのである。これも一杯五銭か三杯十銭である。汁はうす味でやたらに旨い。この間食べて来たが、あんまりうまいので東京生れの女房もびっくりしていた。思うに、そばは寒冷の地に育つ。つまり地味がやせている所にしかとれないのだ。それだけ福岡の風土は豊かなのである。

米もうまい。天下第一等の米は肥後の菊池米といわれているが、九州全土平均してどの県もうまい。

それからフグ。本場である。福岡では街の魚屋でも売っている。それを買って帰って手料理で食うのである。先日福岡にいった二日前、相撲の佐渡ヶ海がフグ中毒で死んだが、あれは福岡人じゃないので、料理の仕方をまちがえたのである。福岡人は料理の仕方をよく知っている。だから魚屋でフグを売っているのである。しかも値段が安い。東京でフグ料理を食うと、目玉のとび出るほどとられるが、九州では大衆魚である。福岡では安くてうまいのが、フグという魚の特徴である。

水たき。これも福岡のもの。

それから福岡の女。これがまた逸品である。情に厚くて濃《こま》やかで美人型である。今福岡の特徴や文化は殆《ほとん》ど失われ、支店文化になってしまった。

で、東京から若い男が赴任してくる。昔は菅原道真が福岡に流されたように、福岡は辺土であった。私の中学時代も急行で行って、東京まで一昼夜以上かかった。今はジェット機で一時間である。流されたという気分は全然しない。その若い男が博多の女に惚れられて、あるいは惚れて一緒になる。そして仲よくくらす。男は一生幸福である。それほど福岡の女は優秀なのである。

さきに支店文化と書いたが言葉づかいも、テレビやラジオによって東京化されて来た。それでもまだいくらか残っている。

編集者から電話がかかって来る。

「梅崎先生ですか」

先生をシェンセイと発音する。それで忽《たちま》ち九州人だとわかる。

「あのですねえ……」

とくれば大体福岡人である。

博多弁の特徴はちょっと語り難い。熊本弁はドイツ語に似ている。鹿児島弁は、知らない人は驚くと思うが、フランス語の様にやわらかいのである。博多弁は、どちらかというと女性的である。男でも、

「なになにしなさい」

というところを、

「なになにをおしがっしゃい」

というのだ。私が中学校時代プールに石を投げ込んで遊んでいると、上級生の恐いのがやって来て、

「なんばしよるとな?」

というので、私が恐縮してだまっていると、その上級生は、

「これからそげなことせんごとおしがっしゃい」

といい捨ててどこかに行ってしまった。おこる時でもかくの如く言葉は優しいのである。

しかし今は（おしがっしゃい）という言葉も滅びてなくなった。これすべて支店文化のせいであり、テレビ・ラジオのせいである。

「ふてえがってえ」

という言葉もある。意味はない。驚いた時とかあきれた時に、使う間投詞である。

この間福岡に帰った時、旧友に、

「今でもそんな言葉つかうのか？」

と訊ねたら、

「もう近頃あんまり聞かんな」

と答えた。私はびっくりして曰く、

「ふてえがってえ」

このあいだは福岡に二晩泊った。一晩は中洲の和風旅館、翌日はそのお隣の日活ホテル。和洋両風の味を味わったわけだ。二日目の夜は、修猷館の同窓生たちが会を開いてくれ、フグを食べさせられた。佐渡ヶ海の死んだ直後なので、少しためらったら、

「お前はあたるとでも思っているのか」

と笑われた。さすがに博多のフグはうまかった。そのあと「フクロウ」というバーで、大酒を飲んだ。ここのマダムが、私の簀子小学校の後輩である。博多を訪れる人があっ

たら、是非立寄って頂きたいと私はねがう。マダムは美人だし、酒もそれほど高くない。飲みすぎたせいか、翌日は二日酔で、南高宮の医師山崎図南君に注射してもらった。山崎君は修猷館出の同級生である。やはり、故郷はありがたいものだ。注射のおかげで気分回復、午前のジェット便で一時間後には東京に戻った。同じジェット機で、漫画家の清水崑さんと一緒だったが、あれは相撲のために来福したのだろうか。つい聞くのをわすれた。

しかしコンさんも、齢をとったなあ。白髪雨害を被り、肌膚《きふ》また実たらず。陶淵明の詩のその感を深うした。

烏鷺近況

どうも碁について書くと、自慢話になる傾向がある。それは私だけでなく、自分の余技について語る時、たいていの人はそうなってしまうようだ。まれには卑下の形をとることもあるが、それは自慢の裏返しなので、慇懃《いんぎん》無礼というのと同じ形式である。

人間は、自分の余技について語る時、何故必ず自慢話になってしまうか。

余技とは、専門以外の芸の謂《い》いであり、つまり専門以外であるから、自分の力量について、誤算する傾きを生ずるのだろう。人間は誤算する場合、たいてい自分の都合のいいように誤算するものだ。だから正直なところを語っているつもりでも、はたから見れば自慢話ということになる、ということも考えられるだろう。

それからもう一つ、人間が余技において自慢するのは、本業においては自慢しにくいという事情にもよるらしい。

私の場合で言えば、どうだ、おれの小説はうまかろうと、人に語ったり物に書いたりするわけには行かないということがある。内心ではそう思っていても、それを外には出せないのである。比較的謙譲な私ですら、内心奥深くではそう思っているのであるから、私以外の大部分の同業者、また同業者以外の連中も、ほんとは本職において威張りたいのである。

ところが、本職において威張るのは、周囲の事情が許さないから、余儀なくその余技において威張るということになる。メンスのかわりに鼻血を出すようなもので、つまり余技自慢は抑圧から生ずるものであり、代償性のものなのである。

それからもう一つ、余技が碁や将棋の場合は、どうせこれは遊びであるから、競争心や敵愾心《てきがいしん》がないと面白くない。競争心がないところに、勝負の面白さはない。だから余技を語る時に、実際以上に自分を強しとし、実際以下に相手をけなしつければ、その相手はなにくそと奮起し、次の勝負が面白くなるだろう。余技自慢というのは、そういう効用も持っている。

私が今まで碁を打った相手で、一番打ちにくかったのは、故豊島与志雄氏である。打ちにくかったというのは、豊島さんが強かったという意味ではない。その頃の私と実力はおっつかっつか、幾分私の方が強かったかも知れない。何故打ちにくかったか。それは豊島さんに全然競争心、または敵愾心というのがなかったからである。

相手が競争心を持たないのに、こちらばかりが競争心を燃え立たすということは、至難のわざであり、不可能のことである。

では豊島さんはやる気がないのかと言えば、それはそうでない。大いにやる気はあったのである。いつか一遍泊りがけで遊びに行った時、夜中の十二時になっても一時になっても離してくれないので、弱ってしまったことがある。

つまり豊島さんの碁は、相手に打ち勝とうという碁ではなく、石を並べることそれ自身が面白いのだ。相手があっても、ひとりで並べても、同じようなもので、人間の碁というよりは、仙人の碁に近い。

私はと言えば、相手に打ち勝つことを唯一の楽しみとする棋風だから、やはり仙人棋客とは打ちにくかった。

現在文壇囲碁会というのがあり、私もそれに属しているが、年に数回囲碁会が開かれる。一昨日もそれが日本棋院で行われた。

私も出席して、力戦敢闘して、賞品をもらった。私がもらったのは、高級ウイスキーだ。

参考までに他に成績の良かった人たちの賞品をあげると、大岡昇平二段格がシロップ、高田市太郎三段がビスケット、三好達治初段が並級ウイスキー、ここらが目ぼしいところで、尾崎一雄二段などは全敗で、手拭一本しか貰えなかった。

賞品が全然ないのも張合いがないし、また沢山あり過ぎても困る。この程度が適当というところであろう。

この会も、その前の会においても、大岡二段格は大いに敢闘、好成績をとった。

昨年某新聞に、私は文人囲碁の面々について書き、大岡初段については、

「大岡初段は、互先の碁は不得手のようで、われわれと打つと、大岡初段の石はとかく俘虜《ふりょ》となる傾向がある。対局態度は坂田栄男九段にそっくりで、典型的なぼやき型である。ただ違うところは、坂田九段がぼやきながら勝つに反し、大岡初段はぼやきながら負けるのである」

この私の昨年の評価は、訂正する必要があるように思う。この前の碁会では、大岡初段は久しぶりに出席、相変らずぼやきながらも面々をなぎ倒し（私も不覚にもなぎ倒された）全戦全勝、優等賞を小脇にかかえて揚々と帰って行った。昨年はそれほど強いと

思わなかったのに、今年は俄然《がぜん》強くなったのは、あるいは人にかくして猛勉強をしたせいかも知れない。そこで衆目の一致するところ、大岡初段は二段格ということに格上りをした。

三好達治初段もいい成績を取ったが、前述の某新聞の碁随筆において、私は三好初段のことを、

「風格正しき碁を打つ三好達治初段」

と書いたが、これも取消した方がよさそうだ。

自分の書いた文章を取消したり訂正したり、あまりそういうことをしたくないのだが、やはり事実に反したことを書いたことには、責任を持たねばならない。

では、どこを取消すかというと「風格正しき」という部分であって、この前の碁会で対局して見たら、三好初段の碁は一向に風格正しくはないのである、相手の目に指を突込んでくるような、猛烈なけんか碁であった。

では、何故昨年「風格正しき」などと書いたかというと、それまで私はあまり三好初段と手合わせしたことがなく、したがってその棋風をよく知らなかった。だからその文章を書くにあたって、私はその棋風を、三好初段の詩業から類推したのである。

「太郎を眠らせ、太郎の屋根に雪ふりつむ。

次郎を眠らせ、次郎の屋根に雪ふりつむ」

この詩人が、一目上りの碁になると、俄然人が変ったようになるんだから、判らないものであるという他はない。

もっとも碁風とか棋風とかは、その人の性格と一致しているかどうか、性格という言葉の解釈にもよるけれども、一致してないことの方が多いようだ。

たとえば、女は男よりおとなしい（いやいや、そうではないぞと言う人もあるだろうが）とされているが、碁においては、女の碁打ちというのは、猛烈なけんか碁が多いのである。女流専門棋士からアマチュア女流にいたるまで、大体そういうのが多い。だから碁風でもってその人の性格を忖度《そんたく》したり、その人の性格からその棋風を類推したりすることは、たいへん危険で誤りが多いという結果になる。その誤りをおかしたという点で、私は前述某新聞の文章の一部を、訂正し取消す。

では最後に、私の棋風はと言えば、これも私の性格とは正反対で、相当に荒っぽいのである。定石通り打って地を囲い合うというのではなく、敵の陣地の中に打ち込んでむりやりに荒すのが好きで、またそういうけんかが得意である。けんかという点では、文壇碁会の面々におくれをとらない。

どうしてそんなけんかが得意になったかというと、大学生時代に毎日碁会所通いをしたからで、またその碁会所にけんか碁の得意な老人がいて、それからもまれたせいである。碁会所流と言えば、けんかが上手で、手の早見えがする。私の碁も、形において欠けるところがあるが、力闘型で早見えがする方だ。

いつか某新聞で新聞碁（素人の）を打った時、日本棋院の塩入四段が観戦記で、私のことを次のように書いた。

「素人で梅崎サンだけ打てれば、何処へ出しても恥かしくないし、田舎へでも行けば立派な先生格である。だが若《も》し人に教えるとすれば、適任者でないかも知れない。よい力はしているが、まだ形が整備しない点が多いからである。少し本を読んだり専門家のコーチを受けたりしたならば、強さが増すことと思う。云々」

　私もあまり自慢はしたくないのだけれども、専門家の塩入四段がそう書いているんだから仕方がない。田舎に行けば先生格になれるというのはありがたいことだ。その中に小説の方がだめになれば、田舎に行って、碁の師匠として余生を送ろうかとも思う。もっとも弟子がつくかどうかは不明であるけれども。

只今横臥中

神経症でこの春（昭和三十四年）入院して治療を受け、七月退院して現在にいたるが、何かまだはっきりしない。以前の不安感はなくなったが、意欲というか闘志というか、それが湧き出て来ないのである。医師の言によれば、治療法の関係でそういう状態が半年から一年続くものだそうで、だからこれは私の責任でない。退院時医師は私に、当分四つの条件を守るよう指示した。その条件というのは、一、したいことをすること、二、したくないことはしないこと、三、酒は秋まで飲まぬこと、四、食後四十分は横臥《おうが》すること、である。一と二はたいへんいい条件で、はっきりしている。自由にふるまえばいいのである。三はいつから秋かというのがあいまいだが、私は俳句が大好きなので、山本健吉編『新俳句歳時記』でしらべてみると「立秋（八月八日ごろ）から立冬（十一月七日ごろ）の前日までを秋とする」とある。医者が秋と言ったのは何月を指すのか知らないが、問い合わせるのも面倒なので、とりあえず山本説にしたがって八月八日から飲み始めた。

四の食後横臥というのは、他で食事がしにくいという不便があるけれど（レストランなどで横臥しては恰好が悪い）まず悪くない。むしろ好きである。私は昔から横になるのは大好きだ。寝たり起きたり出来るということは、たいへん幸福なことで、数ある動物の中には、横臥しないのがいる。たとえば馬なんかは立ったまま眠るし、こうもりなんかは樹にぶら下って眠る。これに反し、立てないという動物もいる。蛇やみみずやごかいがそれで、覚めている時でも横臥している。彼等は立とうにも立ちようがないのである。

何だか話が横に外《そ》れたが、前述の如く私はだらしなく横臥するのが好きで、なぜそうなったかというと、私は幼少時割にきびしい家庭教育を受けた。食後横になったりしようものなら、火箸で打たれた。食後の横臥は衛生的なのだが、当時はそのことは普及していず、そんなことをすれば牛になると信じられていた。その反動で、親もとを離れると、私は起居のしめくくりがすっかりゆるんで、時をかまわず横になることを愛好するようになった。

その傾向に拍車をかけたのが軍隊生活で、私は海軍の暗号兵だったが、一日の中眠る時間は五時間か六時間で、あとの時間は立つか腰かけるかしていねばならぬ。それに海軍というところは、眠るのはハンモックの中である。経験ある人なら知っていようが、あれは厳密な意味では横臥でない。ハンモックの中では、身体が匙《さじ》のように曲って、窮屈なものである。やはり横臥というのは、畳の上で手足を伸ばして横たわることだと思う。だから当時私たちは、「一日でいいから畳の上で、ぐっすり眠りたいなあ」とこぼし合ったものだ。

だから私は復員後、過去に復讐するかの如く、暇さえあれば横たわり、眠ってばかりいた。

その習慣が今なお残っていて、私は今でも一日十時間は眠る。夏はそれに昼寝の時間が加わるから、年間平均は十時間を上廻るのである。

そんなに眠っては、起きている時間がすくないから、一生を短く生きることではないか。いやいや、そんなことはない。起きてぼんやりしているよりも、眠って多彩で豊《ほう》饒《じょう》な夢を見ている方が、はるかに有意義である。はるかに人生を愉しく生きていることになると、私は思っている。それに十時間も眠れば、休養が充分にとれて、長生きが出来ようというものである。

で、横臥に話が戻るが、私は病後の関係もあり、覚めている時間の大半をこれにあてている。食後四十分とは医師の指令だが、私は四十分では満足出来ずに、二時間か三時間にも及ぶこともある。食後だけでなく、食前食後にわたることもあり、更に進んで食事も横臥のまままとることもある。寝ながらざるそばなんかを食うのは、なかなか趣きのあるものだ。

そんなに横臥して、何をしているのか。ぼんやりと物思いにふけったり、読書にいそしんだり、テレビを眺めていたりする。今も私は寝床に腹這いになり、日本野球選手権のテレビを横眼に見ながら、これを書いている。

日常生活のどういうところから小説のヒントを得るか、というこれは注文原稿なのであるが、以上のような私の日常であるので、ヒントを得るにはほんとに苦労する。しかしまあこんな日常でも、どしどしというわけには行かないが、ぽつりぽつりとヒントがやって来て、どうにか門戸を張っているというのが実情で、そのヒントも自らぽっかりと浮ぶこともあり、他人の話からそれを得ることもある。それらのヒントを私はすかさず枕頭《ちんとう》のノートブックに記入して置く。

どういうわけか、私は自分で見たり経験したことよりも、他人のちょいとした話の方が、小説に仕立てやすい傾きがある。自分の経験したことだと、それだけが全体で想像力を加える余地がない。あとは変形あるのみである。ところが他人の話だと、自由に想像力がふるえるからではないかと思う。

それで、そのノートに控えたヒントはどうするか。すぐ使ってはまずいのである。せっぱつまってすぐ使ったこともあるが、おおむね出来ばえが良くなかった。ヒントというものはやはり味噌や醬油と同じで、速成ではうまく行かない。ある程度寝かして、充分に醱酵させないと、上味にはならない。

どの程度寝かして置けばいいかと言うと、私の経験では、半年から一年ぐらいがいいところである。二年を越すと、もういけない。ヒントが腐ってしまうのである。ヒントというものは生《なま》ものであるから、あまり放置すると腐敗菌が取りつくのだ。私の戸棚には、そういう腐ったヒントが、ノートで数冊死蔵されている。

横臥のうつらうつらの物思いに、仕入れたヒントをあれこれと考え、つつき散らし、変形を加えたりひっくり返したり、そんなことをするのはなかなか愉しいことで、他の商売に従事している人にはうかがい知れぬ快感がある。伊達《だて》や酔狂で私も横臥しているのではないのだ。

あまり勉強するな

夏休みも終りに近づいて、うちの子供たちも、たまっている夏休みの宿題の整理に大わらわである。おやじも協力を要請されて、手つだったりしているが、どうもいまの子供たちの宿題の量は、私たちが子供の時のそれよりも、ずっと多いようだ。つまりいまの子供は、昔の子供より、ずっと多量の勉強を課せられているようである。そうなった一因は、戦後とみに激烈になった入試競争にたえて行かねばならぬことであろうが、しかしこの競争というやつは、とかく人間を非人間的に育てるものである。

現今の大学の入試競争というのは、たいへんなものらしい。

私が東大文科に入学したのは昭和十一年で、定員四百人に志望者が三百人そこそこで、もちろん無試験で、のんびりしていた。そのころ法科の方は、四倍か五倍の競争率で、四人か五人の同輩を蹴落して入学、さらにがりがりと猛勉強、同輩をぬきん出て役人の試験に合格したのが役人となる。

官僚というものの非人間的なつめたさ。中にひそむいやな立身主義などの一因は、その構成分子の役人たちが、学生時代に凄惨《せいさん》な競争をしてきたからではないのか。勝つためには相手をおとしいれるのも辞さぬという、あまりにも非人間的な競争の場に、若い時からしょっちゅう臨んできたからではないか、と私は思っている。

青年よ。あまり勉強をするな！　勉強が過ぎると、人間でなくなる。

オリンピックより魚の誘致

四つの島に人がひしめき合い、やがて一億を越そうとしている。それらがレジャーブームに乗って、精力的に右往左往するから、どこへ行っても人影の見えない地帯は、ほとんどない。日本全土が箱庭化するのも、時間の問題だと前号に書いたが、戦後なぜ急激に人口がふえたのだろう。

曰く。予防医学の発達普及。栄養補給の強壮剤。原因療法剤としての抗生物質の発見。その他の条件がつみ重なって、人間はなかなか死ななくなった。乳幼児の死亡率も激減した。ふえるなと言っても、ふえるのは当然のことだろう。

昔、徳川時代までは、ふやそうと思っても、ふやすわけには行かなかった。食糧が限定されていたからである。日本中で生産する食糧が、二千万人分ときまっておれば、人口は二千万を越せない。越すとその分だけ、皆の分がへってしまうのだ。

今は鎖国時代でないから、輸入その他によっておぎないはつけられるが、原則としてはその関係がまだ働いていると考えられる。

主食としての米や麦。副食物として野菜、果実、牛豚鳥（卵や乳製品）、それから海や川の魚類。以上のほとんどが、品種改良、農薬の発達、飼育方法の改善などで、生産が飛躍的に上昇したが、魚類の方だけはほとんどそれがなされていない。

何故だろうかと思う。

昔は海に魚がうようよいて（今でもうようよいることはいるが）ちょいと岸から、あるいは舟をこぎ出せば、いくらでも取れた。飼育したり、品種改良したりする必要はなかった。だから日本人は、フィッシュイーターと呼ばれるほどもりもりと魚を食べ、蛋《たん》白《ぱく》源として愛用して来た。

何だか話が大上段にふりかざした調子になって、申しわけない。

つまり、私は魚が大好きなのである。豊富な種類の魚を安い値で買い、たらふく自分も食べ、他人にも食べさせてやりたいと、いつも思っている。

ところが今魚屋に行くと、決して魚は安くない。食えない部分、頭や骨や鱗《うろこ》や尻尾《しっぽ》、それを取り除くと、たいへん割高についていて、おいそれと手が出せない。

私は福岡市の生れだが、子供の時、魚なんてものは、原則として買うものじゃないと思っていた。おやじが魚釣りが大好きで、一度出かけると、一貫目ぐらいは釣って来るし、子供の私だって放課後浜に行って糸を垂れれば、晩御飯のおかず程度はけっこう取ることが出来た。

家から一町ほど離れたところに漁師町があり、地引網の手伝いをすると、小さなバケツにいっぱいぐらいの魚をただで呉れたものだ。それほど魚族の影は濃かったのである。まれに魚屋から買っても、たいへん安かった。それでも私たち子供は、

「ただで取って来たものを、金を取って売るなんて、いい商売だなあ」

と憤慨したり、うらやましがったりしたものである。

戦中戦後になって、この事情が一変した。

海岸や川っぺりに工場がたくさん出来て、遠慮なく廃液を流す。人口がふえれば、人家もふえる。人家からも芥《ごみ》が流れ出る。いくら魚だって、環境の悪いところには住みたくない。沖へ沖へと遠ざかる。

魚食い人口がふえたのに、沿岸の魚影はうすくなったから、いきおい大型船を仕立てて、遠方に出かけて行く。どこへでも行くというわけには行かない。

戦後李ラインというのが出来たし、北洋漁場のこともある。南方はまだあけ放しのようだから、赤道を越えてマグロを取りに行ったりして、船代、油代、人件費などが魚の値段に加算される。

大衆魚というのもなくなった。イワシ、サンマ、ニシンなどは、戦前下魚《げざかな》と称して、軽んぜられていたが、戦後俄然位があがって、準高級魚になってしまった。カズノコなんか、今や宝石あつかいである。

どうも取り方が無計画で、荒っぽ過ぎるのじゃないか。魚がいるところに船を乗りつけて、ごそっと取って来るのは、農業で言えば略奪農法であって、もっとも原始的な方法である。

やり方は原始的だが、技術は高度化していて、近頃では電流を使ったり空気泡のカーテンをつくったり、それに最近は網を使用せず、ポンプで魚を吸い上げることもやっているそうだ。電気掃除器やバキュームカーと同じ手口で、魚をごーっと吸い上げて、水だけ元に戻す。

いくら魚が多いと言っても、そんな取り方をされては、根絶やしになるおそれがありはしないか。

もうそろそろ、魚を飼育する時代が来ていると思う。川魚はわりにその点進歩していて、ウナギ、スッポン、川マスなどの養殖は、早くから行われている。天然ウナギがどうのこうのと、御託《ごたく》を並べるのは、時代遅れの古くさい人士だけで、大衆はよろこんで養殖ウナギのかば焼きに舌つづみを打っているのである。

海魚にしても、小規模ながら養殖が行われているようである。静岡ではイカ、瀬戸内海や玄海でタイなどを、計画的に養殖している。でも海魚はあちこち泳ぎ廻るから、養殖もなかなかむつかしいし、はかが行かない。

それよりも日本近海を整備して、各種海魚の誘致運動を行なったらどうだろう。つまり魚のすみやすい条件をこしらえて、日本近海に行けば、おいしい餌にありつけるし、休憩する場所も豊富にあるということになれば、魚も定着するだろうし、太平洋を回遊する性質の魚には、

「餌も豊富で、宿も快適な日本近海へ！」

と、言葉やポスターで宣伝するわけには行かないが、そんな設備がととのえば、魚の口から口へ（？）つたわって、回遊のコースとして日本近海にやってくることも考えられる。つまりは日本近海を魚族のパラダイスにするのである。

オリンピックを誘致するより、この方がどのくらい有益で、国民にとってありがたいか、考えなくても判ることだ。もちろんこれは個人や民間団体でやれる仕事ではない。国家的規模において、巨大な国費を投じて、やるべき事業である。

これは禿山に植林するのと同じで、やったからすぐに効果があがるというものではないが、数年後、数十年後にはかならず実を結んで、日本近海には昔日と同じく、魚がう

ようよという状態になる。そうすれば李ラインを越して警備船に追っかけられたり、ビキニ附近までマグロを取りに行ったりする必要がなくなる。

観光日本などと称して、人間を寄せ集めるのもいいが、魚の方にも思いをいたしたら、如何であろうか。

それから、品種改良について。現在のイワシやマグロが、千年前のイワシやマグロと同じ形で同じ栄養価しか持っていない。そんなばかな話があるだろうか。果物でも野菜でも、形態や栄養価で大飛躍しているのに、魚だけが旧態依然というのは、あきれた話であると思うけれども、紙数がつきたのでそれは次号にゆずる。

居は気を移す

二三日中に、住み慣れた世田谷から、練馬に引っ越すことになった。考えて見るとこ世田谷には、もう十年近く住み古したことになる。

十年というと、私の今まで生きてきた年月の、約四分の一にあたる。十年もひとところに住んだのは、これが初めてだ。

私の小さい時は、オヤジが借家を転々とするのが大好きで、その親許を離れると今度は私が下宿を転々とするのが大好きで、すなわち三年以上同じところに生活した経験が一度もない。

それをここに十年近くも踏み止まったのは、もちろん戦後の住宅事情によるものであるが、しかしそれにしても少々長く住み過ぎたような気がする。私の住んでいる家から下高井戸駅まで、歩いて十分足らずであるが、その十分足らずの行程で、帽子に手をかけず頭も下げず口も利かず笑わずに、下高井戸駅に到着することは、私の現今ではもう不可能のことになっている。十年前は顔見知りは一人もいなかったのに、今はうじゃうじゃと巷にあふれていて、どうしても頭を下げたり口を利いたりしないわけには行かないのである。

それが少々今の私にはわずらわしい。

お尻に苔が生えたような気がして、うっとうしい。

で、昨年あたりから引っ越したいと念願するようになった。世田谷の家と言っても借間なので、そうそういつまでも住んではいられない。

それに十年も住みつくと、考え方や生活感情に変化発展がなくなって、風邪をひいたゴムホースみたいになってくる。孟子に『居は気を移す』という言葉がある通り、人間の考え方などは周囲の環境に支配されることが大である。硬化を避けるためにも、新しく居を求めるにしくはない。

今度の練馬の住居は、区の建売住宅というやつで、これも申し込んで抽籤《ちゅうせん》ということになっていて、私の申し込んだのは十八倍という抽籤の家であった。今年は私はいろいろついているから、当るだろうと思っていたら、当った。

十六坪足らずの建坪に、部屋が四つもあって、その他台所ありガス風呂あり洗面所あり、もちろん便所もちゃんとついている。とにかく非常に圧縮した感じにつくられていて、『居は気を移す』という点から行けば、どんな工合に私の気は移るのだろうかと、少々心配でなくもない。考え方までがごちゃごちゃと圧縮されてはかなわない。

そのかわり、練馬というところは世田谷と違って、何か大まかな感じがあり、のんびりしていて、大根などもよく育つ。その点では私の考え方や感じ方にも、いい影響を与えるかも知れない。

練馬に引っ越すというと、ずいぶん田舎に引っ越すように受け取る人がいるが、あそこはそんなに田舎ではない。私の当籤《とうせん》を電話で知らせてくれたのは、練馬の地元の新聞だが、後日その新聞を見ると電話の談話として、当籤して非常に嬉しい、移転したからには大いに練馬文化のために尽したい、などと私の覚えのないことまで書き立ててあった。

練馬文化というものがあるらしいのである。しかしどうすれば『練馬文化』に尽せるのか、今のところはまだ判らない。

とにかく二、三日中に引っ越す。

引っ越したら新しい環境と生活が始まり、私の人生観も変るであろう。

人生観などと言うものは、大体そんなものであって、周囲を全然拒否するような強烈な個我、人生観は、そうざらにあるものではない。

周囲のみならず、身体の状態や健康状態が、その人の人生観を形造ったり、変化させたりすることがある。胃弱において、あるいは胃弱によって、傑作を書き残した文学者もいる。あるいはテンカン。

私の友人で小説を書いていた男があったが、ある日サントニンを服《の》み、蛔虫《かいちゅう》をすっかり駆除したところ、とたんに小説が書けなくなった実例がある。頭がすっきりとポカンとなって、何も書けなくなったと言うのだ。

するとこの男の小説は、当人が書いていたつもりでも、実は蛔虫が書いていたということになる。小説だの人生観だのいうものは、その根底において、かくの如くはかなきものである。

私も現在健康状態はあまり良好でない。悪いというほどではないが、良好だとは言い難い。半健康(ストレス説によればこれこそが病気の本体の由)の状態にある。慢性的ビタミンB群の不足、肝臓肥大、その他いくつかの軽微な障害が私の身体にあって、それが私のものの考え方、人生観、世界観などにも強い影響を及ぼしているようである。

練馬に引っ越して、朝な夕な新鮮な空気を吸い、酒煙草を節し、悠然として南山を見るような生活を続ければ、あるいは健康がすっかり回復し、まるまる肥《ふと》って、そのかわりに小説などは全然書けなくなるかも知れない。

やはり小説というものは、私の感じからすれば、根底のところにマイナスの部分、光ではなくて影、歪み、そんなものが必ずあるようだ。それらの上に小説というもの、小説家というものが成立しているように思う。将来小説はどうなるか知らないが、近代から現代にかけての小説は、大体においてそういう仕組みになっている。

肉体も精神も全然健全な人は、小説を書かないし、また書けないだろう。だからその人々は小説家にならないで、他の職業についている。議員などになって、国会であばれたりしている。

現在のような病める時代にあって、心身共に健全ということ自体が、異状であり、おかしいのである。健全ということは、すなわちデリカシーの不足あるいは想像力の欠除ということであって、私たちは先ずこれを排することから仕事を始めねばならぬと思う。

法師蟬に学ぶ

きりについて書けと言う。

きりとは何かと問い返したら、ぴんからきりのきりで、すなわち小説の結びのことだと言う。映画でいえばラストシーン。碁でいえば寄せ。人間でいえば臨終。引き受けて、机の前に坐り、いろいろと考えてみたが、そのきりについて、あまり書くこともない。

私は小説を書くに当って、ぴんのところ、つまり書き出しの文章には、時折苦労するが、きりについて苦心した記憶は、ほとんどない。

序盤中盤を過ぎれば、自ら侵分《よせ》に入るように、小説も書き出して、一定の枚数に達すると、自らきりの形がまとまって来る。その形をつくって、筆を置けば、一篇の小説が完結したことになる。

それは私が無口なせいだろうとも思う。よくおしゃべりな人がいて、しゃべり出すととめどがなくて、きりがつかない。そう言う人が小説を書くと、きっときりに苦労することだろう。

私なんかは昔から無口で、若い頃話を頼まれて、壇上に立ったこともあるが、しゃべり出して五分も経つと、しゃべる材料がなくなってしまう。無理しないでも、自然ときりがやって来るのである。

私は小説を書くのは愉しくない。昔からそうである。書いている間は、頭の重労働で、早くこの苦患《くげん》から逃れたい逃れたい、とばかり考えている。（作家と画家の決定的な差違はここにある、と私は思っている。画描きは、画を描く時は、いそいそとして嬉しいそうだ）

この逃れたい逃れたいと思う心が、何でもありあわせのものをちょんとつかんで、粘土細工の犬にちょんと尻尾をつけるように、それで結末に間に合わせてしまう。そんな関係もあるのだろう。

やはり自然なのがいい。つくったり、たくらんだりしたのは、感じが好くない。

私はつくつく法師という蟬が好きだ。あの啼声《なきごえ》には、格別の趣きがある。

ツクツクホーシ、ツクツクホーシと、十声ばかり啼き、そこでちょっと調子を変えて、ツクツクウイー、ウイオース、ウイオース、と三四度啼き、最後に、ジー、と啼きおさめる。あのジーというきりは、自然にして、かつ千鈞《せんきん》の重みがある。油蝉や蜩《ひぐらし》の啼声とは、比較にならない。

ツクツクホーシと啼き始める前にも、ジーといったような、一種の前奏がつく。その前奏と、きりのジーとが相呼応して、すばらしい効果を上げるのである。起承転結、間然するところがない。

小説の書き出しやきりについても、こうありたいものだ。つくつく法師なんかと、莫迦《ばか》にせずに、心を虚《むな》しくして、その自然さを学ぶべきである。

チョウチンアンコウについて

チョウチンアンコウという魚がいる。アンコウの一種である。深い海の底の真暗なところに住んでいる。真暗なところを泳いでゆく関係上、この魚は提灯《ちょうちん》を持っている。すなわち頭のさきから長い鞭《むち》のようなものが生えていて、それが光をはなつのである。暗夜に提灯を突き出しているような具合に。

この魚の雄と雌との関係について、寺尾新博士が書いた文章をよみ、私は大層面白かった。その文章の要旨をここに書いておこうと思う。

この提灯を持っているのは、この魚の雌《めす》なのである。提灯はもちろん自分の泳ぐ道を照らすためもあるだろうが、同時に餌となる小動物をおびきよせる手段にもなっている。雄は提灯を持たない。大きさも雌の十分の一である。なんの変ったところもない、極《ご》く平凡な、あたり前の魚である。あの提灯をぶらさげた壮大な雌魚の、亭主にあたる魚とはとても思えない。

この雌に対して、この小さな平凡な雄が、どういう具合で亭主たる位置につくかというと、彼はただじっとその機会を待っているだけなのである。そして偶然に雌が自分に近づいてくると、彼は雌の背中であろうが、頭であろうが、腹であろうが、ところかまわずにいきなり唇で吸いつくのである。吸いついたら、それきりである。どんなことがあっても離れない。雌が泳ぐままに、ぶら下って動く。そしてここに変ったことがおこる。

吸いつかれた雌の体の皮が、だんだん延びてきて、彼の唇と切っても切れないようにつながってしまう。こうなれば彼は独立した一匹の魚ではなくなって、雌の体の一部となってしまう。それから彼の体のなかに、さまざまの変化が起り始めるのである。

先ず、唇をふさがれて食物をとるすべを失った彼の体の中で、役に立たなくなった消化器官が、だんだんと消えてなくなる。

次に、独立生活のとき必要であったが、今こんな状態では必要でなくなった諸器官が追々に姿を消してゆく。

雌にくっついて移動してゆくからには、眼などは不必要である。で、眼はすっかりなくなってしまう。

眼がなければ、もはや脳も不必要だということになる。すなわち、脳も退化して、姿を消してしまう。

すっかり雌の体の一部となった彼は、その血管が雌の血管とつながり、それを通じて全部雌から養われ、揚句の果て、彼は雌の体に不規則に突起したいぼのような形にまで成り下ってしまう。

いぼにまで成り下っては、彼は自身の存在の意義を失ったようにも見えるが、ただひとつだけ器官を体の中に残しているのである。それは精巣である。精子をつくるために残留しているのだ。雌がその卵を海中に産み放すとき、ほとんど精巣だけとなった彼は、全機能を発揮して、二階から目薬をさすように、その精子を海中に放出する。深海であるから流れの動きがほとんどないので、その精子は洗い流されることもなく、雌の卵にうまくくっつくのである。

この瞬間のことを考えると、私はなにか感動を禁じ得ない。どういう感動かということは、うまく言えないけれども。

アリ地獄

私の家の軒下の砂地に、小さなじょうご状の穴が並んでいるのを見つけた。数えてみると、十三ある。十三のアリ地獄が、こうしてアリの通るのを待っているのである。ところがここらは、あまりアリが歩き廻らない地帯で、十三のアリ地獄は目下のところ開店休業といった状態である。アリ地獄といえども、何か食っていないと、生きてはゆけないだろう。も少しアリがいる地帯に、穴をつくればいいのに、彼らの心事は不可解である。

穴ぼこばかり見ていては何も面白くないので、わざわざ遠くからアリをつまんできて、穴に入れてやる。するとアリは必死になって、はい上ろうとする。ところが砂地だから、しがみついた砂がアリの重さでころがり落ちる。あわてて別の砂にしがみつくが、それもころがるという仕掛けで、なかなかはい出られない。はい出られそうになると、穴の一番底のところで、アリ地獄の奴が鋏《はさみ》か何かでぽこっぽこっと砂を調節するから、たちまちアリはずり落ちて、アリ地獄の餌食になってしまうのだ。

いま問題になっていることの一つに、ぐれん隊がある。ぐれん隊に一度なるとなかなか更生できないものだそうであるが、やはり彼らの世界にもアリ地獄に似た仕掛けがあるのだろう。ぐれん隊といっても、生れた時からぐれん隊というのはいないはずだ。だから個々を補導するより、アリ地獄に似た仕掛けを壊滅させることに、主力をそそぐべきである。

II

寝ぐせ

寒くなると、蒲団が恋しくなる。一旦蒲団に入れば、そこから出るのがいやになる。いやになるから、朝眼をさましても這い出さない。朝飯を枕もとに運んで貰い、横臥したままひとりで摂取する。昼飯時になると、昼飯もまた枕もとに持って来させる。事情が許せば、そのまま夕方まで寝ているが、たいていの日は事情が許さないから、渋々と起き上り、机の前に坐る。机の前に坐るということと、仕事をするということは、別段同義語ではない。机の前に坐っても、鼻毛などを抜きながら、ぼんやりしていることだってあり得る。私の場合はその状態の方が多い。実際にペンで字を書いている時間は、平均して、一日の中二時間足らずだ。

「いくらなんでも、それはちょっと怠け過ぎですなあ」

ある日そんな話をしたら、友人の画家秋山君が天を仰いで嗟嘆《さたん》した。

「僕なんか、朝飯を食いながらもうそわそわして、食い終ると直ぐカンバスに向うんですよ。夕方は夕方で、カンバスから離れるのが、つらくてつらくてねえ」

画描きの方はそうかも知れないが、それと一緒くたにされちゃ困る。それにこちらの仕事は、ペンを動かしている時間だけが、働いている時間じゃない。ぼんやり寝そべっていても、あれこれ考えていることもあるのだ。

しかし、一日中蒲団にもぐり込んでいる状態は、あまりいい状態でないことは、私も認める。よく考えてみるとこの状態は、私に周期的におとずれて来るようだ。寒いからもぐり込んでいるのではなく、もっと別の理由で、つまり、もぐり込まざるを得ないような精神状態が、周期的に私におそって来るらしい。どういう精神状態かと言うと、正確には表現しがたいが、ぼんやりとした憂鬱な気分、ろくな仕事をしていないと言う自責感、昔の失敗を思い出して胸をかきむしりたくなるような気分、その他いろいろのいらだちが重なり、外出もしたくなく人にもあいたくなく、私はごそごそと蒲団に這い込み、ミノ虫のようにじっとしているのである。仕事の関係でもぐりっ放しと言うわけにも行かぬので、ぎりぎりになると這い出して机に向うが、こういう時の仕事はつらい。よくもこんな商売についたと思って、情けなくなる時もある。

西丸四方著『精神医学入門』という本をひもといて調べると、私の症状は軽鬱病というやつによく似ているが、まだそこまでは行ってないらしいから、軽々鬱病とでも呼ぶべきだろう。

私の家には小さな玄関があって（そりゃあるだろう。家だもの）その玄関のすぐ脇《わき》に、書生部屋と言った位置に、私の書斎がある。それから台所になって、その彼方に居間がある。私はその書生部屋に寝床をしき、しずかに横たわり、眠っているか、雑誌新聞の類を読んでいるか、眼をぱちぱちさせて何か考えているか、そのいずれかをしている。考えごとと言うのは、小説のことも含まれていて、しかし、小説を考えるには、横たわっているだけではダメである。何かひっかかりがないと、小説と言うものは形をなさない。横たわっている分には、ほとんど外界からの刺戟がないから、さっき読んだ新聞や雑誌などから、そのひっかかりを求めるということになる。

今日も午前中、寝床にもぐり放しで、何を考えたかと言うと、爺《じじい》ナップということを一時間ばかり考えた。二、三日前読んだ雑誌にキッドナップというのがあり、これは子供をさらって行って身代金を要求するやつであるが、これを爺に置きかえるとどういうことになるか。実際におこったこととしてどう肉付けをするか。そんなことについて色々考えをめぐらせた。続いて別の雑誌に出ていた種なし西瓜《すいか》の話から、骨なし魚ということを、これまた一時間ぐらい考えた。種なし西瓜が出来るなら、やりようによっては、骨なし魚も出来るだろう。骨のないイワシだのサンマが出来れば、食べやすくもあるし、捨てるところがないから経済にもなる。しかし、骨がなくて魚は生きて行けるか。行けないことはなかろう。現にタコやイカは骨がなくてもピンピンと生きている。

タコとイカと交配して、新しい魚をつくれないか。虎とライオン、馬とロバ、これはそれぞれ交配に成功して、ライガー、ラバという名の新種が出来ている。それならタコとイカの場合も、よく似た同士だから、出来ない筈がない。（私は今発明家が出て来る小説を、ある週刊誌に連載しているので、考えが直ぐ発明的な方に走る）オスのタコ、メスのイカを一匹ずつ、同一水槽に閉じ込めて置けば、やがて発情期が来て、どうしても一緒になるだろう。そして子供が出来るだろう。しかしタコは足が八本、イカは十本、するとその子は何本の足を持つか。間を取って九本か、あるいは両親のを合計して十八本か、などと考えているところに、玄関の扉があく音がして、ごめん下さいと言う声がした。来やがったな。押売りか。洋服生地売りか。新聞勧誘員か。ニセ学生アルバイトか。私はごそごそと起き上る用意をする。大体そういうのは、声の感じで判るのである。それに何故私が起き上るか。先程書いたように、私の部屋は玄関のすぐ脇で、居間はずっと奥で、台所に戸が立っているから、玄関の声は居間まで届かない。聞えるのは私だけと言うことになっている。そんなもののために起きるのはシャクなようだけれども、起き上らないわけには行かない。

　玄関には三十七、八歳の、鞄を持った色の黒い男が立っていた。顔や服装の感じからして、押売りではないと判った。私はややがっかりして訊ねた。

「どなたですか？」

「××生命保険からお伺いしたのですが」

　男はおどおどと腰をかがめた。その物腰がまだ勧誘は新米であることを物語っている。

　押売りという職業に対し、私は嫌悪感を持っているが、しかしこれにかまうことは好きである。友人に会ったり話したりすることが嫌いな気分の時でも、私は押売りには会う。何故かと言うと、友人に対しては好意をもって会わねばならぬが、押売りには敵意をもって会えるからである。好意は私には持つに重過ぎるが、敵意はラクに持てる。前記軽々鬱病の症状の時など、私はうつらうつらと横たわり、心のどこかで、押売りが来ないかなあ、とひそかに待っている。

　押売りに準じる悪質な職業に、シシ舞いというのがある。いや、こちらの方が悪質かも知れない。お祭りでもないのに獅子頭《ししがしら》をかぶり、頼みもせぬのにチャラチャラと舞い、いくばくかの金を貰う。貰うというより、強要する。

先年私が留守の時に、一匹のシシ舞いが訪れ、うちのものが十円やったところ、

「なんでえ。散々舞わせて置いて、たったの十円か」

とすごんで、あとまた十円持って行ったと言う。その話を聞いて以来、シシ舞いに金をやることを、私はうちのものに厳禁した。一応の芸ならいざ知らず、シシ舞いというやつは、獅子頭をチョコチョコと動かすだけで、芸にも何にもなっていやしない。十円だってもったいない話だ。

それ以来私の家では、シシ舞いのことをシシ舞いと呼ばない。タダ舞いと言っている。いくら舞っても、金を出さないから、タダなのである。
二、三日前もそのタダ舞いが、うちの台所にやって来た。恰好を見れば直ぐ判るから、うちのものが、
「いりませんよっ。間に合ってますよっ!」と直ちに台所の扉をしめ、鍵《かぎ》をかけてしまったところ、そのタダ舞いはいったん道に出て、今度は玄関にやって来た。玄関には鍵がかかっていなかったので、タダ舞いは狭いタタキの上で、チャラチャラと舞い出した。

「来やがったな」

私はごそごそ蒲団から這い出し、舞い終ったところを見はからって、ぬっと姿をあらわした。

私は身の丈五尺七寸、外出もあまりしない関係上、無精髭《ぶしょうひげ》がもじゃもじゃ生えていて、人相もあまり良好でない。それがすごんだ声を出して、

「お前、今、台所口で断られたんだろう？」

「へえ」

タダ舞いはぎょっとした風情である。女子供だけだと思ったら、こんな人相の悪い大男が出て来て、ちょいと気の毒みたいなものだ。

「台所で断られたんなら、玄関だって同じことは、きまってるじゃねえか」

「あれ」

タダ舞いは眼をぱちくりさせた。

「これ、同じ家なんですか」

「あたりまえだ」

大邸宅ならいざ知らず、二十坪足らずの家の台所と玄関とは、目と鼻の距離で、同じ家かとは笑わせる。

「よく見りゃ判るだろ。屋根が続いてるじゃないか」

「そうですか。そりゃ失礼しました」

それからタダ舞いは逆襲に出た。

「お宅じゃシシ舞いが間に合ってるそうですが、どんな風に間に合ってるんですか」

「おれが時々やるんだ」

「へえ。旦那が？　獅子頭はお持ちですかい？」

「獅子頭？　そんなものが要《い》るかい。ドテラで沢山だ」

「ドテラかぶってシシ舞いをやるんですかい？」

タダ舞いはあきれたような声を出した。

「素面《しらふ》でやるんですかね？」

「いや。たいてい酔っぱらってだ。いや、酔っぱらおうと素面だろうと、余計なお世話だよ」

そしてまた私は声にすご味を持たせた。

「もう帰ったらどうだい。電話には百十番というのがあるんだぜ」

タダ舞いはよっぽどくやしかったらしく、しばらく歯を嚙み鳴らしている風だったが、チェッと舌打ち一つ残して、扉はあけ放したまま、どこかに行ってしまった。向うのくやしがりように比例して、こちらは気分がせいせいして、また寝床に戻る。

押売りだのシシ舞いだのは、こんな具合に気分の張りを持たせるが、保険の勧誘はそんな風に行かない。と言って、応じたくても、いちいち応じるわけには参らぬ。押売りだのシシ舞いは、もし応じても、十円からせいぜい百円どまりで済むが、保険に応じるとなれば、莫大な掛金が要る。

「生命保険は間に合ってるんですがねえ」

相手が押売りでないから、私の応答も自然とていねいになる。

「折角ですが、お断りします」

「どちらかお入りになってらっしゃるんですか？」

いくら新米でも、それだけでは絶対に戻らない。

「いえ。どちらにも」

「そ、それはいけません」

勧誘氏は一歩踏み込むようにする。

「どういうわけで、加入なさらないのですか。お嫌いなんですか」

「いや。好き嫌いは関係ないです。僕は長生きするんだから――」

「いくら長生きしたって、いずれはおなくなりになるでしょう。あとに残った奥さんやお子さん――」

「いや。長生きもするけどね、僕が死んだら、この世もなくなりますよ」

「え。何とおっしゃいました？　も一度」

私はも一度くり返す。勧誘氏はびっくり顔で反問する。

「何故この世もなくなるんです？」

「そりゃ僕の実感なんですよ。僕がいないこの世なんて、僕にはとても想像も出来ない。想像が出来ないから、それはないんですよ」

これはウソではない。真実ぎりぎりの私の実感なのである。想像力が欠除していると、笑われても仕方がない。すると相手は、私がからかっているか、キチガィ（少しはキチガィだ。人間は皆！）か、と言う眼付きで、私を眺め出す。

半年ほど前のある日、よく晴れた午後、私は近くの住宅街を歩いていた。私の前を十人ほどの男女が、ひとかたまりになって歩いていた。

そのグループに、一種妙な雰囲気《ふんいき》がただよっていることに、私は気付いた。一人だけ元気のいい、張り切った男がいる。あとの男女は、何かおどおどして、罪人の如く歩いている。しかし罪人である筈がない。身なりなんかでそれが判る。

張り切り男は先頭に立ち、右を見、左を見ながら、さっそうと歩く。やがて適当な家の前にとまると、うしろを向いて、おどおど男女の一人を呼ぶ。

「それっ！」

張り切り男はそいつを家に向け、その背をどんと突く。

「頑張《がんば》れっ！」

背中を突かれたのは、ちょっとよろめき、そのままふらふらとその家の門に吸い込まれる。

張り切り男はまた歩き出す。また別の家の前にとまり、他のを呼びよせる。

「それっ」

どんと背中を突いて激励する。

「頑張るんだぞっ！」

私は少し足を早めて、張り切り男に近づいて見た。

この男だけが腕章をつけている。その腕章には『〇〇保険』の字が読み取れた。私は卒然として、事の次第を了解した。つまりこれは〇〇保険新入り勧誘員の訓練だったわけだ。

「つらいだろうな」

とその時私は思った。しかし、背中を突かれるのもつらかろうが、見る方の私もつらかった。今思い出しても、私はつらい気分になって来る。

とにかく私は寝ぐせ（起きないで寝てばかりいる癖のことだ）を、早くなおさねばならぬ。今のままではどうしようもない。

猫と蟻と犬

どうも近頃身体がだるい。なんとなくだるい。身体の節々が痛んだりする。身体だけでなく、気分もうっとうしい。季節のせいかも知れないとも思う。仕事のために机の前に坐ろうとすると、膝や尾底骨あたりの神経が突然チクチクと痛み出してくる。だから余儀なく机を離れると、痛みは去る。そんなふしぎな神経障害がある。仕事をするなというのだろう。

ジェローム・K・ジェロームの『ボートの中の三人』という小説がある。その中で主人公がある日、医書か何かを読んでいると、あらゆる病気が自分にとりついているのを発見する件《くだ》りがある。私の場合も、新聞雑誌などで売薬の広告を見るたびに、その大半が私の症状にぴったり適していることを発見してギョッとするのである。あまたの売薬が私から買われるのを待ちこがれている如きだ。

と言って、あらゆる売薬を買い込む資力は私にはないし、そこで一切の広告には眼をつぶることにして、胃が痛ければセンブリ、腸が悪ければゲンノショーコ、そんな具合にもっぱら漢方薬にたよっているが、漢方薬は効能が緩慢なせいか、まだはっきりした効果はあらわれないようだ。しかしこれらの漢方薬のにおいを私は近頃好きになってきた。あのにおいは私をしっとりと落着かせ、かつ心情を古風にさせる。私小説でも書きたいな、という気分を起させる。今書きつつあるこの文章も、漢方薬のにおいの影響が充分にあるようだ。

そんなある日、年少の友人の秋山画伯が訪ねて来た。そして私の顔を見ていきなり言った。

「顔色があまり良くないじゃありませんか」

「うん。どうも身体がだるいんだ」

そこで私は私の症状をくわしく説明した。その間秋山君は黙ってじろじろと私の顔を観察していた。

「漢方薬なんかじゃ全然ダメです！」私が説明し終ると、秋山君は断乎《だんこ》として宣言した。

「あんた近頃雨に濡れたことがあるでしょう」

「うん。そう言えば一箇月ばかり前、新宿で俄《にわ》か雨にあって、濡れ鼠《ねずみ》になったことがあるよ」

「そうでしょう。きっとそうだと思った」秋山君は腹立たしげに指をパチリと鳴らした。「新宿なんかで濡れ鼠になるなんて、そんなバカな話がありますか。そんな時にはパチンコ屋に入るんですよ。そうすれば雨に濡れずにすむし、暇はつぶせるし、それに煙草が沢山稼げるし——」

「うん。でも僕はパチンコにあまり趣味を持たないもんだから」

秋山君は大へんなパチンコ好きで、そしてこの私をもパチンコ党に引き込もうとの魂胆で、ある日一台の古パチンコ台を私の家にえっさえっさとかつぎ込んできた。店仕舞のパチンコ屋から三百八十円で買って来たものだと言う。同好者を殖やそうというところは、パチンコもヒロポンに似ているようだ。私はそのパチンコ台を縁側に置き、一週間ばかり毎日ガチャンコガチャンコとやってみたが、一向に面白くない。秋山君の期待に反して、むしろパチンコに嫌悪を感じるようになったほどである。パチンコ屋に入るくらいなら、まだしも雨に濡れて歩く方がいい。第一あのパチンコ屋の地獄のような騒がしさは、頭が痛くなる。私はおそるおそる言った。

「やっぱりあの時の雨に濡れて、潜在性の風邪でもひいたのかな」

「そうじゃありませんよ。そんな暢気《のんき》なことを言ってる」秋山君はあわれみの表情で私を見た。「放射能ですよ」

「ええ、そうですよ。ビキニの灰ですよ。ビキニの灰が雨に含まれて、それがあんたの身体にしみこんだんですよ」

「本当かい、それは」

私は少々狼狽を感じてそう言った。

「本当ですとも。近頃の病院に行ってごらんなさい。白血球減少の患者がぞろぞろやって来ますから。今どきの雨に平然と濡れて歩くなんて、よっぽど世間知らずだなあ。僕の家でも放射能雨が漏ってくると大変だから、屋根をすっかり修繕したくらいですよ」

秋山君の家というのは、彼が三年ほど前買い込んだ古家で、見るからに雨が漏りそうな家だ。この家はまことに変った家で、金を出して買い取ったとは言うものの、まだ所有者は秋山君の名義になっていない。杉本という人の名義になっている。その杉本某はどうしているか。数年前に詐欺か何かをはたらき、そのまま逃走、目下どこにいるかさっぱり判らない。その間に第三国人が介入していたりして、金を出したのは秋山君だが、その家は秋山君の所有とはきっぱり断じ切れないという大変入りくんだ関係になっている。このことは別に小説に書いたから、ここでは省略するけれど、要するにこうなったのも秋山君が世間知らずであったからだ。その世間知らずの秋山君から、世間知らずだなあ、と嘆息されて、私は心中ますます狼狽を感じた。しかし表面だけはさり気なく、「でも、僕が雨に濡れたのは、その日だけだよ。それで僕が放射能にあてられたとすれば、毎日のように濡れている人、たとえば郵便配達人やソバ屋の出前持ちなんか、もっとひどくやられそうなもんじゃないかね」

「そう思うのが素人のあさましさです」と秋山君は自信ありげに断定した。「あんたは放射能と白血球の関係について、何も知らんようですな。白血球というやつはどこで製造されるか。これは肝臓で製造される。いいですか」

したがって肝臓の弱い者は、ちょっとした放射能にもすぐに影響されて、その機能を弱められ、白血球の生産高ががた落ちとなる。というのが秋山君の論理であって、どうもいささかあやふやだと思ったが、念の為にも一度訊ねてみた。

「しかし君は、僕の肝臓は弱っているという仮定の上に立って、論議をすすめているようだが――」

「仮定じゃありませんよ。事実ですよ」と秋山君は私をにらみつけるようにした。「あんなに毎晩酒を飲んで、肝臓が正常であるわけがないじゃありませんか。そういうのを心臓が強いというのです」

肝臓が弱くて心臓が強けりゃ世話はない。

「それじゃあ訊ねるけれども、肝臓というのはどこにあるんだね？」

すると今度は秋山君がやや狼狽の色を見せて、両掌で自分の身体をぐるぐると撫で回すような仕草をした。まるで肝臓のありかを探し求めるような具合にだ。きっと肝臓の正確な位置を知らなかったに違いない。だから私は追い打ちをかけるように言葉をついだ。

「それに雨に濡れるのは人間だけじゃない。牛馬は言うに及ばず、鳥や虫なども濡れっぱなしだろう。それなのにピンピン生きてるのは変な話じゃないか」

「動物だって弱ったり死んだりしてますよ」秋山君は元気をとり戻した。「あんたもちゃんと調べたわけじゃないでしょう。大弱りしていますよ。現にカロだって、近頃めっきり元気がなくなったです」

「え。カロが？」

カロというのは私の家の歴代の猫の名で、三代目までつづいて若死にしたものだから、もう飼うのはよそうと思っていたところ、秋山君がその系譜の断絶を惜しみ、わざわざ自分の家の仔猫をバスケットに入れ、私の家にかつぎ込んできた。すなわち四代目カロというわけである。パチンコ台だの仔猫だの、よく色んなものをかつぎ込みたがる男だ。

私の家に来て以来、カロはめきめきと大きくなった。憎たらしいほど肥ってきた。秋山君の話では、このカロの母親は素姓正しい猫で、それ故カロにも充分にシツケがほどこしてあるとのことだったが、どうもそうとは思えない。毛並みは黒ブチで、器量もそれほど優秀ではなかった。性格は歴代のカロのうちで一番ひねくれていて、子供の手をひっかいたり噛みついたりする。子供の方では遊ぶつもりで抱いたりかかえたりするのだが、その手をカロがひっかき噛みつく。協調の精神というものが全然無いのだ。そしてひっかきの効果を絶大ならしめるためか、毎日縁側や戸袋に爪を立てて磨《みが》いている。だからうちの子供の顔や手足には爪あとの絶えたためしがなかった。

そんなに爪を磨いて、それなら鼠をとるかと言うと、これは全然とらない。鼠がそこらでごとごと音を立てても、聞き耳を立てることすらしない、どうも鼠をとることが我が家に利益をあたえる、そのことを知っていて、わざと鼠をとらないのではないかと思われる節がある。ではどういうものをとるかと言うと、トカゲ、蛾《が》、モグラなど。そんなものをとったって、うちでは一向に有難くない。迷惑するばかりである。モグラなんか地中にもぐっているからこそモグラと言うのだろうが、それをどういう方法でつかまえるのか、ちゃんとくわえてのそのそと縁側に上ってくる。モグラの死骸は実に醜怪な感じがするものであるから、私を始め家人一同悲鳴を上げて逃げ回る。逃げ回る私たちをカロは快心の微笑をうかべながら追っかけるのだ。こうなるともうどちらが主人か判らない。我が家に在任中にカロはモグラを五匹ほどとった。

そしてカロは、良く言えば野心的、悪く言えばバカならぬぼれ猫で、庭に降り立つ雀《すずめ》をねらうのだ。植込みのかげにかくれていて、雀がやって来るとパッと飛びつくのだが、さすがに雀の飛び立つ方が早くて、一度もつかまえたためしがない。雀には羽根があるが、カロには羽根がない。飛び立った雀を追って、カロは手あたり次第の庭樹のてっぺんまでガリガリとかけのぼる。これでカロは雀を空中まで追っかけたつもりなのである。たいていの猫なら、四五度そんなことをやったら諦めるものだが、カロは諦めない。性こりもなく雀をねらって植込みのかげにひそんでいる。なんという愚か猫であろうと思うのだが、この私にしても宝くじが発売されるたびに、今度こそは二百万円ぐらい当ててやろうとセッセと買い込んでいるから、あまりカロを笑えた義理でもない。万一雀をつかまえたら、私はそれを取り上げて焼鳥にしてやろうと空想していたが、とうとうカロは一羽もとらず仕舞いであった。

カロの罪状のうちで最大のものは、火鉢の中に大便を排泄することであった。これには家中が大迷惑した。砂を入れた木箱が台所の土間においてあるにもかかわらず、カロは火鉢に排泄する。もちろん火鉢に炭火が入っている時は、排泄しない。排泄しようとすれば火傷《やけど》するからである。空火鉢の中の排泄物は灰にくるまっているから、うっかりするとわからない。そこでそのまま炭火を入れたりするとたいへんだ。炭火で熱せられた猫の糞がどんなにおいを発するか、これは経験者でないと判らないだろう。あのにおいは確かに人間に極端な厭世観をうえつけるようだ。まさしく絶望的なにおいである。それが家の中だけでなく、戸外にまでただよう。ある時このにおいをかいで、我が家の庭で仕事していた植木屋さんが、脚立《きゃたつ》からすってんころりんと落っこちて足首をネンザした。

だから火鉢に火がない時は、折畳み式の碁盤をひろげて蓋をするようにしたが、時にはそれを忘れることもある。忘れたらもう最後で、その忘れの瞬間をカロは眈々《たんたん》とねらっている。よほどカロの尻は灰に執着しているらしい。さらに悪いことには、やがてカロは火鉢から折畳み碁盤を引きずり落す方法を習得してしまったのだ。引き落されないためにオモシが必要となってきたわけだ。カロは肥っていて力もあるから、『小説新潮』を五冊や六冊乗っけても、もろともに引きずり落してしまう。ついに思い余って家族会議を開き、カロを捨てることに衆議一決した。

そしてある夜、私はカロを風呂敷につつんで、うちから一町ほど離れた神社の境内に捨てに行った。もちろんカロは相当の抵抗をこころみ、風呂敷のすきまから前脚を出して、私の手の甲をひっかき出血せしめたが、私はそれに屈せず境内にたどりつき、カロを遺棄して一目散に走って帰ってきた。早速手の傷を手当して、ささやかな祝杯を上げた。そこまではよかったけれども、翌朝起きて見ると、縁側の一隅にカロが平然とうずくまり、しきりに爪をといでいたのである。私は半分がっかり、半分怒りがめらめらと燃え上った。

「おい、カロが戻っているよ」と私はどなった。「よし。今晩は絶対に戻って来れないところに捨ててきてやる」

その夜の私のいきごみは大へんなものであった。先ず荒れ狂うカロを風呂敷に包みこみ、さらにそれを買物籠の中に入れ、夜の八時頃我が家を出発、約一時間近くぶら下げて歩いた。カロの帰巣感覚を狂わせるためにあっちへ曲ったりこちらに折れたりしたので、直線距離にすればそれほどのことはなかったかも知れない。とにかく静かな住宅地帯に来たから、私はとある一軒の住宅の塀ごしに、買物籠もろともエイヤッと投げ、また一目散に走ったまではよかったが、あんまり紆余《うよ》曲折《きょくせつ》したために私の帰巣感覚まで狂ってしまって、とうとう私自身が道に迷ってしまった。行人や交番に道を聞き聞き、やっと家にたどりついたのは、もう十一時過ぎである。家中のものが心配して、起きて私を待っていた。

「もう大丈夫だ」と私は皆に説明した。「途方もなく遠いところの人の家の庭にほうりこんで来たから、もう戻ってくる気遣いはない」

「買物籠と風呂敷は？」

「そんなの一緒くたにほうり込んでやったよ」

「そりゃ困る。あの風呂敷にはうちの名が入ってるのよ」

「あ、そうか」

と私は自分の手違いに気がついたが、もうやってしまった以上は仕方がない。そこでそれはそれとして、またその夜も祝杯をあげた。どうも嬉しいにつけ悲しいにつけ酒ということになる傾きがある。

ところがこの度も、翌々日の昼頃カロは舞い戻ってきた。庭の生垣をくぐって、矢のように縁側に飛び上ってきた。見ると尻尾をいつもの三倍ぐらいにふくらませている。猫という動物は恐怖におそわれると、尻尾をふくらませる習性があるのだ。帰り着くまでにさまざまの恐怖や苦難に遭遇したにちがいない。

「また戻ってきやがったよ」と私は嘆息した。「もうこうなったら仕方がない。カロを捨てるより、火鉢を片づけることにしましょう。その方がかんたんだ」

そろそろ火鉢も不要な季節になっていたから、押入れの中に奥深くしまいこんだ。カロは二三日火鉢を求めてあちこち探し歩いているようだったが、たかがネコ智慧だから押入れの奥とは気がつかなかったらしい。まもなく諦めたようである。

しかしカロを継続して飼おうと翻意《ほんい》したのも束の間で、それから一週間ほど経ったある日、カロがまた事件をひきおこした。よその鶏におそいかかって、これを負傷せしめたのである。

その鶏は近所のどこで飼っているのかつまびらかにしないが、雄大な雄鶏であって、身の丈も二尺はゆうにある。散歩を趣味とするらしく、私の庭にも時々やってくる。私の庭をあちこち傲然《ごうぜん》と歩き回って、しきりに何かを食べているから、一体何を食っているのだろうと眺めてみると、蟻《あり》を食っている。蟻を食う鶏なんか始めて見た。蟻は蟻酸と言って酸性であるらしいから、それを食べるところを見ると、きっと胃酸欠乏症か何かにかかっているのだろう。

しかし無闇に蟻を食われては私もすこし困るのだ。

私の庭には蟻が沢山いて、種類も四種類、それぞれの場所に巣をつくっている。花壇をかこむ石の下に住んでいるのが大型の蟻、ボタンの木の下に中型の蟻、門柱のところに小型の蟻、それから肉眼で見えないような超小型の赤蟻が縁の下あたりに住んでいる。

この超小型には私は興味がない。あまり小さ過ぎるから、興味を持ちようがないのだ。あとの三種類の生態にはそれぞれ興味がある。生態そのものより、それをかまうことに興味がある。

蟻の巣というものは複雑な構造を持っているようで、大中小そのどれでもいいが、穴のひとつにストローをさしこみ、煙草の煙をふうっと吹き入れると、他の穴のすべて、飛《と》んでもない遠くの小さな横穴からも、モヤモヤと煙が立ちのぼる。上野駅の地下道よりも複雑な構造を持っているらしいのだ。蟻というやつは水は嫌うようだが、煙草の煙には割に平気である。

しかし蟻の穴にジョウゴを立てて水を流し入れる遊び、これは全然面白くない。バケツ一杯の水を使ってもあふれることはなく、平然と吸い込むだけだからだ。内部では蟻や卵や食物が水びたしとなり、大あわてしているだろうが、それが目で見えないから面白くない。

砂場の砂をフルイでこして、細かい砂だけをえらび、それを穴に流し入れるのは、これは面白い。穴が大きくてもすぐにいっぱいになるのもあるし、小さくてもいくらでも砂が入るのがある。これをやると蟻たちは大あわてして、表に出ているやつは右往左往して復旧工事にとりかかる。内部のもそうだろう。そしてものの二時間も経たぬ間に、砂はすっかり処分されて、元の穴の形になっている。実際蟻の勤勉ぶりには驚く。中にはあまり勤勉でないやつもいるけれども。

ボタンの下の中型の蟻の巣にむかって、私は砂を詰め、復旧されると見るや直ちに砂を詰め、二日にわたって十数回砂攻撃を試みたことがある。するとさすがに蟻たちもつくづく考えたと見え、縦穴式のやつを全部横穴式に変えてしまった。横穴式のやつは砂を入れても入口にたまるだけで、奥には入って行かないのだ。

とにかく蟻というやつは、退屈してるのか必要に迫られているのか、しょっちゅう巣の整備をやっている。新規に穴をあけたり、またつぶしてみたり、営々と働いている。こういう労働の現場、すなわち穴の近くに、砂糖をひとつまみ置いてやる。そうするとたちまち蟻の個々の性格があらわれてくる。

第一の型は砂糖があると知っていながら、全然見向きもせずせっせと働くやつ。

第二は労働を全然放棄して砂糖に頭をつっこんでなめるやつ。

第三はその中間のやつで、ちょっと砂糖をなめては働くやつ。

以上の三つの型がある。この間も砂糖をやって眺めていたら、穴の中からひときわ頭の大きい蟻が一匹這い出して来て、おどろいたことには、砂糖に頭をつっこんでいる連中に飛びかかり、ひとつひとつ嚙み殺してしまった。私は蟻の生態について学問的には何も知らないけれども、見た限りでは、この蟻は憲兵的役割を持っているらしかった。こんなのがいては蟻の世界もあまり住みよくなさそうである。

大、中、小の蟻たちは我が庭において、大体縄張りをさだめて闘争はしないようであるが、これを人工的に喧嘩させることは出来る。たとえば花壇の石をめくり、その下にたむろしている大蟻たち（羽根をもったやつもいる）をすばやくシャベルですくい上げ、大急ぎでボタンの木の下に運ぶ。中型蟻の穴の近くにおくと、大蟻たちは突然の環境の変化に大狼狽、右往左往して中蟻の穴の中に這い込むやつもいる。すると中蟻たちは敵が来襲してきたとかん違いして、そこで猛烈なとっくみ合いや噛み合いが始まるのだ。ふつうの考えからすると、大型のが強そうだが、なにしろ大蟻は狼狽しているし、ホームグラウンドではないし、それに中蟻の方は無数に穴からくり出して来る。大蟻一匹に対して中蟻は三匹も四匹もかかるから大へんである。またたく間に敵味方の死屍ルイルイということになり、逃げる奴は逃げ、そして事は落着する。羽根をもったやつは戦闘力は全然持たない。そこらをウロチョロした揚句に噛み殺されるか、あるいはブーンと飛び立ってどこかに逃げてしまう。私は蟻の羽根はあれは飾りだとばかり思っていたが、実際に飛ぶ。かなりの飛翔力を持っているようだ。

この人工的喧嘩は、大を中に、中蟻を門前の小蟻にはこんだ場合には成立するが、逆の場合はあまり成立しにくいのだ。たとえば中蟻を大蟻の穴にはこぶと、中蟻はもう動《どう》顚《てん》して、戦わずして四散して逃げてしまう。万一大蟻の穴に這い込もうとしても、番兵蟻に一コロで殺されてしまう。とても喧嘩にはならない。

私の見た限りでは、我が家の蟻で一番封建的なのは大型蟻である。封建的と言っても見た感じだけなのだが、一例をあげると大型蟻は必ず穴の入口に番兵を置いている。巣の表玄関とでも言うべき大きな穴には常時五匹ぐらい、あとは穴の大きさに応じて三匹とか一匹とか、それぞれの員数を配置している。中型蟻と小型蟻は、時々番兵らしきものを見かけるが、常任番兵はいないようだ。大型にくらべて若干民主的な感じがする。民主的と言っても憲兵みたいなのがいるわけだから、比較しての話だ。

蟻についてはまだまだ書くことがあるけれども、はてしがないから止めにする。とにかくこの愛すべき蟻たちを、近所の雄鶏がつつきに来る。うちの子供たちはこの雄鶏にオートバイというあだ名をつけた。ふつうの鶏を自転車だとすると、これはオートバイぐらいに堂々としているからである。このオートバイにむかって、ある日カロが飛びかかった。

オートバイはよそもののくせに、我が家の庭を横柄に我がもの顔で闊歩《かっぽ》する、そのことをカロはかねてから面白く思っていなかったらしい。それを今まで放っておいたのは、オートバイがあまりにも堂々としているし、また油断やすきが見出せなかったのだろう。その日はオートバイはすこし油断をしていた。あたりを見回してもカロの姿は見えなかったからである。見えぬも道理、カロは柿の木の上にのぼっていた。だからオートバイは安心して蟻をつつき散らしていた。

そのオートバイめがけて、カロは柿の木を逆落しにかけ降りて、背後から飛びかかったのだ。けたたましい鳴声やうなり声が交錯して、羽毛が飛び散り、脚がすばやく動き、そしてオートバイが戦闘体制をとり戻した時は、もうカロは縁の上にサッとかけのぼっていた。すばやく一撃をあたえて、サッと反転したわけである。オートバイはあちこち爪を立てられ、脚も負傷したらしく、びっこを引きながら生垣をくぐって退却して行った。

庭に散らばった羽毛は、子供たちがよろこんで拾い集め、帽子のかざりにした。

私は秋山君に手紙を書いた。カロの今までの罪状と、ついにその被害は家の中だけでなく、近所の鶏にも及んだこと。この度は鶏の負傷だけですんだが、もし将来噛み殺すような事態が起きれば損害賠償ということにもなりかねない。そうすれば困るのは私である。そこで申し憎いことだがカロをお返ししたいと思うが、都合は如何、ということを問い合わせてやった。前に二度捨てに行ったことは、秋山君に悪いから伏せて置いた。

秋山君はそれから三日目に訪ねて来て呉れた。もう即座に引取る気で、古バスケットをぶら下げている。私を見てすぐに言った。

「カロがそんな悪事を仕出かしましたか」

「そうなんだよ。これもひとえに僕の不徳のいたすところかも知れないが」

「そうでしょうな。もともと素姓の正しい猫なんだから」秋山君は憮然たる表情をした。

「じゃ、とにかく引取りましょう」

そこで私は秋山君を招じ上げ、そえもののカツオブシがわりと言うわけではないが、一席の宴を張って秋山君を歓待した。宴果てて秋山君はカロをバスケットに押し込み、タクシーに乗って帰って行った。儀礼上タクシー代は私が受持った。秋山君の家は私の家と十キロ以上離れているし、しかも夜のタクシーだから、カロの帰巣感覚も相当に狂ったらしい。作戦が図に当ったわけだ。

以下は秋山君が話して呉れたのだが、その夜タクシーを降りて家につき、バスケットを開いたところ、カロは矢庭に外に飛び出して、秋山君の家の周囲をぐるぐると七八回回ったという。この新しい家の形や大きさ、そんなものをはかると同時に、方向感覚を調整するためだったらしい。秋山夫妻が黙ってそれを見ていると、カロは闇をにらんでしきりに小首をかたむけていたが、やがて思い決したように西南の方角めがけて走り出し、またたく間にその姿は闇に没してしまった。私の家は秋山家から大体西南方に当るのである。

しかしカロはついに私の家には姿をあらわさなかった。一週間目に再び秋山家に戻って来た。行けども行けども私の家が見当らないものだから、諦めて秋山家に戻ることにしたらしい。げっそりと痩せて、折からの雨に濡れ鼠になっていたそうである。秋山君は早速縁側に上げて、タオルで全身をふいてやり、ミルクを飲ませてやると、やっと人心地（?）がついてニャアと啼《な》いた。すなわちこれで秋山家に飼われたいと意志表示をしたのである。

ところが秋山家にはもう一匹猫がいる。マリと言って雌猫で、カロの母親にあたるのだ。カロとちがって大へん小柄で、こんな小柄な猫からカロみたいな大猫がよく生れたと思われるほどだ。カロは生後直ぐ我が家に来たのだから、マリを自分の母親とは知らないらしい。またマリの方も、カロを伜《せがれ》とは思っていないようだ。猫なんてまことに薄情な動物だから、そんなものだろう。

で、秋山家は猫が二匹になった。二匹になったからには、食事も二倍要る。それをどういう具合にして与えるかというと、大きな皿に二匹分一緒に盛って台所に置いてやると、先にマリの方が食べ始める。カロはすこし離れたところに坐って、マリが食べ終るのをじっと待っている。マリが食べたいだけ食べて皿を離れると、その残りをカロがいただくということになる。カロが先に食べるということは絶対にない。体力はカロの方が強そうだが、マリにひたすら遠慮しているのだ。食う量もマリが皿の三分の二ほども食べてしまうから、カロは残る三分の一、すなわちマリの半量というわけだ。

「やはり放射能のせいですな」秋山君は確信あり気に言った。「あんたの家に戻ろうと、一週間も街をさまよったでしょう。あの一週間は相当に雨が降った。それで濡れ鼠になり、すっかり放射能にしみこまれたんですな。だから食量も少く、すっかり元気がなくなったです」

「その逆で食量が少いから、元気が出ないんじゃないかね」と僕は反問した。

「そうじゃありませんよ。そんなに空腹なら、マリを押しのけても食べる筈です」

「やはりマリに遠慮してるんだよ。猫というものは人につくものでなく、家につくものらしいからね。家につくからには、どうしてもその家の先任猫に勢力があるんじゃないかな」

「そんなことはありませんよ」秋山君は頑強に言い張った。「どうしたって放射能ですよ。あんたも気をつけたがいい。世田谷区産の野菜は特に放射能が強いという話ですからね」

「そんなものかな」私は半信半疑でうなずいた。秋山君の意気ごみに圧倒されたような形である。

そう言えば他にもやや不思議なことがある。うちにエスという飼犬がいて、どこから迷い込んできたのをそのまま飼っているのだが、これが近頃元気がない。エスの住居は私の家の玄関脇で、その犬小屋も秋山君がつくって呉れた。なかなか堂々たる板小屋で、入口に『梅崎エス』という表札までかかっている。堂々たると言っても、犬小屋のことだから、中は一部屋である。次の間つきというわけには行かない。

このエスが二箇月ほど前から、妙に神経質となり、とくに花火の音を怖がるようになった。近くの商店街などで景気づけに花火を上げる。するとエスはあわてふためいて泥足のまま家の中に上ってくる。一部屋だけの犬小屋の中でじっとしているのが怖いらしいのだ。この犬も割に大柄で、それに恐怖にかられているから、家から外に押し出すのには一苦労する。足をつっぱって出まいとするのを、首輪を持って引きずり出さねばならない。とても女子供には出来ない仕事で、もっぱら私の役目になっている。

この間私が不在の時に花火が上って、エスはのこのこと縁に上ってきた。それから泥足のまま座敷に入り、床の間にでんと坐り込んで、押せども引けども動かない。蝿《はえ》叩きでピシピシ叩いても頑として動かず、二時間も坐り込んでいたそうだ。間もなく私が帰って来て、力まかせに外に放り出してしまったが、何故そんなに花火の音を怖がるのか判らない。放り出すと哀しそうな目付きで私を見て、こそこそと犬小屋の中に入って行った。「どうも犬の癖に花火を怖がるなんてダラシがなさすぎる」と私は半分怒って言った。「花火が怖いようじゃ、とても泥棒や押売りよけにならないぞ。抵抗療法でその臆病癖を矯正《きょうせい》してやる」

私はそこで街に行って、鼠花火を二十個ばかり買って来た。一個五円である。それからエスの首輪をクサリでつなぎ、クサリの別の端を竹の垣根に結びつけた。エスは不安そうに私の動作を上目使いでうかがっている。お前の臆病癖を治すためにこんなことをやるのだ、と私はエスに言い聞かせて、おもむろに鼠花火を三個地面に置いた。エスは判っているのか判っていないのか、おどおどした眼でそれを見ている。家中の者は縁側に立って眺めていた。人間だって気が狂えば、電気ショックというべらぼうな療法をほどこされるのだ。鼠花火如きは荒療治の中に入らない。二十個ぐらいも鳴らしたら、エスもその音に慣れてしまうだろう。そういう算段であった。

私はマッチをすり、三個いっぺんに火をつけた。すると三個は三方に飛び散り、シュシュシュシュと火をふきながら、コマ鼠のようにキリキリ舞いを始めた。エスはそれを見て愕然としたように一声ほえ、懸命に走り出そうとしたが、クサリで垣根につながれている。その垣根の竹がポキッと折れる音がした。そのとたんにキリキリ舞いしていた鼠花火の一つが、ちょっと宙に浮き上ったと思うと、おそろしい勢いで私のズボンの裾に飛び込み、私の脛毛《すねげ》を焼いてパパンと破裂した。

縁側から見物していた家人たちの言によると、その瞬間私は大声を立てて三尺ばかり飛び上ったそうである。

エスは折り取った垣根の一部もろとも、一目散に表の方に逃げて行った。

私はよろめきながら縁側に腰かけ、ズボンをまくり上げた。鼠花火は脛《すね》にはいのぼり、それからふくら脛《はぎ》に回って破裂したらしいのだ。見る見るそこらの皮膚が赤く腫れ上ってくる。皆がしんけんな表情でそこをのぞきこんだ。

「は、はやく油薬を持ってこい」と私は呶鳴《どな》った。「早くしないと俺は死んでしまう」

急いで持って来た油薬を塗りながら、家人が言った。

「まあ、まあ、こんなに火ぶくれになって、さぞかし熱かったでしょう」

「熱いのなんのって、世界の終りが来たかと思ったぐらいだ」と私は言った。「そ、そんな乱暴に塗るんじゃない。皮がやぶれてしまうじゃないか」

結局この火傷《やけど》が治るのには二週間という日時が要った。全治二週間の火傷というわけだ。

残りの十七個の鼠花火は、腹が立って仕様がないから、近所のドブ川の中にたたきつけてやった。エスに対する抵抗療法もそれっきりだ。結局こんな療法を思いついたばかりに、私はひどい火傷を負い、垣根はこわされたという勘定になる。引きあった話ではない。

だからエスは今でも花火が上ると、依然として家宅侵入してくる。そこで近頃では犬小屋にクサリでつなぎ、家に侵入出来ないようにしているが、それでも花火がつづけざまにポンポン上ると、エスはもう身も世もなくなるらしく、あの重い犬小屋を引きずって右往左往する。

秋山君に聞けば、これも放射能のせいだと言うに違いない。

オートバイはカロから襲撃されて以来、我が家の庭に姿をあらわさないようである。では、蟻たちは幸福であるかと言うと、このところ長雨がつづいたせいか、晴間にも表にあまり出て来ない。数も少しは減少したのではないかと思う。蟻なんていうものは、地面の下に巣をつくる関係上、雨が降れば雨はその巣にしみこむだろう。すると蟻の数が減ったのは放射能のせいでないとは、私も断言出来ないのである。もっとも蟻に肝臓があるかどうかは、寡聞《かぶん》にして私も知らない。

寒い日のこと

それは寒い日だった。むちゃくちゃに寒かった。朝から空一面にどんよりと雲が垂れ、昼過ぎになっても変らなかった。風がなく、空気はすこしも動かない。その動かない空気の中に、寒気がぴしぴしと立ちこめている。僕は朝からまったくうんざりして、茶の間の火鉢にしがみついてばかりいた。火鉢にしがみついても背中が寒く、胴ぶるいが出るのだ。そういう僕を、その日はお母さんは叱らなかった。いつもなら僕を叱りつけて火鉢から引き剝がし、表の風の中に追い出すのに、どういうわけかその日はお母さんはそうしなかった。あまりにも寒かったし、それに僕のお尻にはニガネが出来ていたせいだろう。ニガネは赤く硬くはれ、中心はもう化膿し始めていた。ちょっと歩いても痛みが足にひびく。今日は学校を休めるといいなあ。火箸で灰をつついたりならしたり、そんなことばかり考えていた。お昼御飯を食べても、身体はいっこうにあたたまらない。やがて時間が来た。台所からお母さんが声をかけた。

「さあ、そろそろ支度するんだよ」

「今日は休みたいなあ」僕は火鉢からそう答えた。「お尻が痛いんだよ。痛くて歩けないぐらいだ」

「休むことが出来ますか！」お母さんは、とたんにものすごく恐い顔になって、つかつかと茶の間に入って来た。「歩けなきゃ、押し出してやる。お尻を出しなさい！」

僕はおどろいて火鉢からとび離れた。ニガネは敵に押させよと言うくらいで、それにお母さんの指はすごい力持ちで、まだ充分に熟していないやつを、むりやりに無慈悲に押し出すのが得意だったのだ。まったくあの膿がギュッと押し出される瞬間は痛い。いや、痛いと言ったもんじゃない。世界の終りが来たかのような感じがする。

それから僕はのろのろと服を着換えた。

見ると小倉の服の左腕には、もうちゃんと黒い喪章が縫いつけてあった。喪章の生地はなんだかぺかぺかと安っぽく光っている。今日は大正天皇の御大葬の日なのだ。

「寄り道をしないでさっさと行くんだよ」うしろからお母さんが不機嫌な声で怒鳴った。

「そして済んだらさっさと帰ってくるんだよ」

僕は庭先からダイダイの木の下をくぐって、わざとびっこを引きながら道路へ出た。道に出てお母さんの眼から離れてからびっこは止めた。空は相変らず曇っている。むちゃくちゃに寒くつめたい。溝が氷《こお》っている。僕はポケットに手をつっこむ。ポケットの中で一銭銅貨がつめたくコチコチと鳴る。お婆さんの針箱からちょろまかして置いたやつだ。今日は勉強がないからカバンは下げずに済むが、こう寒くてはかなわない。カバンはかけなくとも肩が痛い。痛くてつめたい。学校の規則でマントや外套は法度だし、もちろん手袋もダメだし。

それから僕は角を曲って三軒目の寺内魚屋に立ち寄った。魚屋の息子が同級生で、その子の顔がヒキガエルに似ていて、ワクドウというあだ名がついていた。ワクドウはポルトガルでもそう言うし、僕らの地方でもそう言うのだ。魚屋の店先に魚は少なかった。店いっぱいのなまぐさいにおい。店の一番奥に掘抜井戸があり、そのそばに石臼が据えられ、機械仕掛の鉄棒が石臼の中をぐるぐるとこね廻していた。こね廻されているのは魚の肉で、これがこね上るとワラシベをまぶし、そのまま十銭のカマボコになるのだ。寺内魚屋のスボツキカマボコは、町内一に旨いという評判だった。その掘抜井戸と石臼の間から、身体を斜めにして、顔の大きな男のひとが出て来た。

「貸さねえんだな。どうしても貸して呉れねえと言うんだな！」

小父さんは大きな顔をうしろに振り向けて、そう怒鳴った。怒鳴りというより、悲しみに打ちひしがれたような声だった。井戸の向うが上り框になり、そこから部屋になっている。小父さんが怒鳴ったにもかかわらず、部屋の向うはしんとして、何の返事も戻って来なかった。店内は魚肉をぐしゃぐしゃとこね廻す単調な音だけだった。僕はポケットに掌をつっこんだまま、魚を並べた板台のそばに立っていた。

「よし。それならそれでいい。無理に貸せとは言わん。実の兄が困りに困って、弟のお前に手をついて頼むのを、どうしても貸してやらねえと言うんだな。よし。覚えて置くぞ。いつまでも覚えて置いてやるぞ！」

井戸と石臼の間がせまいものだから、身体は斜めにしているのだが、顔をうしろに振り向けているので、踵《かかと》か膝をどこかにぶっつけたらしい。小父さんはおそろしい勢いで顔をこちらにねじ向けた。石臼を蹴飛ばすようにして、自分自身をその間隙から引っこ抜いた。小父さんの大きな顔は真正面に僕に向けられていた。向けられてはいたけれども、小父さんの眼は僕を見ていなかった。僕の身体を透視して、僕のずっとうしろの方をにらんでいるようだった。大きな顔の両側についた眼は、犬の眼のようにあかく濁り、そしてぎらぎらと光っていた。部屋の奥は相変らずしんとして、何の気配もなかった。小父さんはまた何か怒鳴ろうとしたらしいが、思い直したように唇をぎゅっと結び、おそろしい勢いで入口の方に足を踏み出した。僕は飛びのいた。僕が飛びのいた空間を、敷居を蹴飛ばして、小父さんの身体はぐんぐんと道路へ出て行った。小父さんの着ている二重廻しは鼠色で、あちこちがすり切れて、禿げっちょろになっていた。

「寺内クーン」

いつものように僕は呼ぼうとした。しかし声が出なかった。大人が本気で怒っているのを、僕は初めて見て、恐かったのだ。その時上り框にワクドウがちょろちょろと姿をあらわした。ワクドウも脅えと不安で、泣き出しそうな顔をしていた。僕は自分がここにいるのが具合悪いような気がした。

「行こうよ」僕はやっとのことで声を出した。「早く行かないと遅れるぜ」

ワクドウは顔を歪めたままうなずいた。部屋の奥から怒ったような太い声が飛んで来た。

「帰りに道草を食うんじゃないぞ！」ワクドウのお父さんの声だった。「連隊にカマボコを届けるんだからな。まっすぐ帰って来るんだぞ！」

ワクドウはおどおどと返事をし、上り框に腰をおろし、お爺さんのように背中を曲げて、もそもそと靴を穿いた。出来上ったカマボコを手押し車に乗せて、連隊に納入するのはワクドウの役目になっている。ワクドウがつらいのは、手押し車を押して行くそのことでなく、それを僕らから見られることだった。それは僕に判っていた。鉄棒は相変らず、グッシャ、グッシャと廻っていた。ワクドウは両掌をぎしぎしとこすり合わせ、そして僕らはいっしょに表に出た。雲はいよいよ低く垂れ、その下の町並に各戸の弔旗がだらりと垂れ下っていた。いつもはピカピカの金色の球が、黒い布でつつまれ、その下の黒い細長い布が、日の丸旗にだらしなくまつわりついていた。旗は垂れ下ったままの形で、ごわごわに凍っているように見えた。ワクドウは背を曲げて足早に歩きながら、表情を歪めたまま、僕にささやいた。

「あれ、大作伯父さんと言うんだ。恐い伯父さんだぜえ」

弁解するような口調だった。なにも弁解することはないのに、僕から見られたことにこだわっているのだ。そんなに弱気なところがあるから、ワクドウはいつも級内でばかにされ、いじめられっ子になっているのだ。ワクドウは両掌を口にあてて、ハアハアと白い息をかけた。指が干し鰯のようにかじかんでいる。

「とても悪い伯父さんだ。お父さんがいつもそう言ってる」そしてワクドウは横目で僕を見上げるようにした。「今日の伯父さんのこと、誰にも言わないな?」

言うとも言わないとも、僕は答えなかった。別のことを言った。

「とても怒っていたねえ、お前の伯父さん」僕もワクドウの真似をして掌を口にあてた。

「おれ、ちょっと恐かったよ。食いつかれるかと思った」

「伯父さんも怒ってたけれど、お父さんもぶりぶり怒っているんだ。あんまり寒いから、大人の皆が怒るのだ」

そう言えば僕のお母さんもぶりぶりしていた。そう思ったが口には出さなかった。あんまり寒過ぎて唇を開きたくない。

それからワクドウの腕を引っぱって、僕は横丁に曲り込んだ。焼芋屋のお婆さんに銅貨を渡して、焼芋を二つ買った。小さい方のやつをワクドウに手渡した。焼芋はほかほかと白い湯気を立てていた。ワクドウはそれを持ちかえ持ちかえしながら、目顔で礼を言った。この焼芋屋は僕らのひいきの店で、ねだんの割に量が多かったのだ。

僕らは焼芋をかじりながら、間道をえらんで学校目指して急いだ。間道というのは、先生が通らない道という意味だ。歩きながら焼芋を食べているところを、先生に見付けられては、ちょっと具合が悪い。しかも今日は御大葬だから、なおのこと具合が悪いのだ。そして僕らは先生にも友達にも見付からず、すっかり焼芋をかじり終え、学校の正門にたどりついた。正門には、金玉を黒布で包んだひときわ大きな弔旗が、旗竿からだらりとぶら下っていた。それはまるで首くくりの屍体みたいに見えた。僕らは首をすくめるようにしてその下をくぐった。運動場はすでに人間でいっぱいだった。あちこちばらばらに、あるいは少しずつかたまって、そのまま動かない。まだ夕方にならないのに、もうすっかり夕方のような感じだった。

それまで僕は気がつかなかったのだが、ワクドウの奴が喪章を腕につけるのをすっかり忘れていたのだ。校庭に整列してから先生がそれを発見し、よっぽど腹を立てたのだろう、ワクドウは先生から頭を拳固で三つもなぐられた。それから小使いさんが大急ぎでやってきて、ワクドウの腕に喪章を巻きつけてやった。ワクドウは眼のふちや鼻の下の皮膚を赤くして、べそをかいていた。それから式が始まった。

いつもの朝礼の時の整列とちがって、今日は総員が東向きなので、すこし勝手がちがう。僕は列の一番うしろから二番目だった。だから前の方で何が行われているのかよく判らない。校長先生の話もよく聞えなかった。よく聞えないから、それはとても長いような気がした。校長先生はそのわけも判らない演説を終ると、ポケットから白いハンカチを出して眼を押さえ、わざとらしくよたよたしながら台を降りて行った。

お尻のニガネがしんしんと痛みを増してきた。そこら一帯に重苦しい灼熱感が張っているところから、それはよほど腫れ上っているらしい。掌をそっとお尻にやって押さえて見ると、口からウッと声が出そうだ。

人垣にはばまれたはるか前の方から、何をやっているのか、オカグラの時のような音楽がかなしげに聞えてくる。突然横の方でざわめきが起って、女先生が二三人かけてくる模様だった。四年生の女の子が、あんまり寒いものだから、ぶったおれたらしいのだ。空はいよいよ暗くなり、とうとう小さな雪片がちらちらと舞い落ちてきた。雪片は僕らの肩や頭にとまり、消えないままだんだん重なって行く。そして台の上に唱歌の先生が上ってきた。唱歌の先生の唇は紫色だった。先生の棒の動きといっしょに、僕らは一斉に歌い出した。

地にひれふしてあめつちに
いのりしまことといれられず
……

一週間ぐらい前から、全校生徒で毎日稽古していたのに、練習の時に割に声がそろっていたのに、この日のは全然不ぞろいだったのだ。前方の連中のうたい方がやたらに早くて、僕らが一番を歌い終えた時には、もう二番の半分ぐらいのところを歌っていた。だからと言って、こうなれば、僕らが調子を早めて追っ付くというわけには行かない。そこで前方を圧倒すべく、もう僕らはやけくそになって、歌声を怒鳴り散らした。明日ともなれば先生からこっぴどく叱られるに違いない、などと考えながら。

おんみほふりの今日の日に

ながるるなみだ果てもなし

僕らがそう歌った時、前方はもう全部を歌い終え、校庭には後方の僕らの声だけががんがんとひびいた。唱歌の先生はすっかり困り果てて、台上で棒をあいまいに動かしている。

二間幅ほどの狭い凍て道を、空の荷車をつけた黒牛が、猛然と奔走していた。黒牛は角をふり立て、眼を据え、土を蹴立てて走っていた。引きずられた荷車は、鉄の車輪をけたたましく鳴らし、時々凍て土から飛び上ったりしながら、黒牛のあとにくっついて走った。悲鳴や叫び声をたてて、人々は両側の軒下に飛び込み、あぶないぞ！　軒下に逃げろ！　などとわめき立てたりした。それらの叫びのまっただ中を、黒牛は頭を下げ、角を正面に立てて、猛然と驀進《ばくしん》した。僕とワクドウもあわてて豆腐屋の軒下に飛び込んで難を避けた。牛と車の持ち主らしい印絆纏《しるしばんてん》の男が、なにか大声でわめきながら、その後を追ってひょろひょろと走っていた。印絆纏は酔っぱらっていた。酔っぱらっていたけれども、あとを追って走らないわけには行かなかった。時刻はすでに夕暮れだった。雪片はさっきと同じ調子で、はらりはらりと地に落ちていた。相変らず風はなく、それ故に寒さはかえってひしひしと、身体の芯までしみ入って来る。

ワクドウはあきらかに怒っていた。むしゃくしゃしたものが内にこもって、怒っているのか悲しんでいるのか、どっちとも判らないような状態で怒っていた。ワクドウの眼は瞼の皮が薄く、蛙と同じでほとんどまたたきをしない。その瞼の下の眼が青味がかって怒っていた。原因は大体判っていた。先生に拳固でなぐられたこともあったし(頭にコブが出来ている)、期待していた饅頭を貰えなかったこともあるのだ。ワクドウはかん違いして、天長節や紀元節と同じように、御大葬でも紅白の饅頭を貰えるものとすっかり思い込んでいたのだ。僕も少し怒っていた。ひょっとすると饅頭を貰えるかも知れない、と僕も半分ぐらいは期待していたのだから。こんなにも寒くつめたい日に、整列させて話を聞かせたり歌をうたわせたりして、それで手ぶらで帰すのはひどい。それが大体の僕らの気分だったのだ。それに夕暮れだからおなかもたいへん空いていた。焼芋なんかとっくに消化されて、胃の中はからっぽだった。夕暮れの町並は半分以上、雨戸をしめたり戸をおろしたりしていた。だから道筋はくらかった。その中に一軒だけあかあかと、光を道ばたまでひろげている店があった。さっき印絆纏が飛び出した小さな居酒屋だった。居酒屋の中では、卓や腰掛けを片方に寄せて、残った土間で焚き火をやっていた。家の中で焚き火をするなんて、ほんとにあぶないじゃないか。しかしその焰の色は、だいだい色でたいへんあたたかそうだった。風が無いので焔は二尺ばかり、とろとろとまっすぐに立っていた。その焚き火を前にして、床几《しょうぎ》にどっかと腰をおろして、コップ酒をぐいぐいあおっているのが、あの大作伯父さんだった。伯父さんの大きな顔はまっかになり、素面の時より二倍ぐらいにふくれ上っていた。大作伯父さんは急に眼をするどくしてコップをがちゃんと卓に戻し、戸外の薄くらがりを見据えた。

「孝治か。孝治だな！」

伯父さんの視線はまっすぐにワクドウの顔にそそがれていた。電信柱のかげで、ワクドウの細っこい身体が突然がたがた慄《ふる》え出した。僕もニガネの痛みを忘れて、身体を固く緊張させた。大作伯父さんの顔は鬼みたいにまっかだったし、それに今にも立ち上って外に飛び出して来そうに思われたのだ。しかし伯父さんは飛び出して来なかった。飛び出すかわりに、にやりと笑ってコップをとり上げた。

「孝治や。こちらに入って来い」伯父さんは猫撫で声でそう言って、舌でべろりと唇をなめた。「なあ、孝治や。お前はおなかがぺこぺこだろ？」

ワクドウは電信柱にしがみついたまま、返事をしなかった。よほど怖かったのだろう。

「おなかがぺこぺこなら、この伯父さんが御馳走してやるぞ。関東煮でも、うどんでも、何でも好きなものを食わせてやるぞ。な、孝治や。こちらに入っておいで」

伯父さんはコップを握ったまま、そろそろと腰を浮かせた。二重廻しの前がはだかって、もじゃもじゃと毛の生えた脛が見えた。脛まで酒のためにまっかになっていた。そしてそのまま伯父さんはよろよろとよろめいた。横によろめくのではなく、前の方にだ。前の焚き火のとろとろ焰の中に、伯父さんの身体はぐらりとよろめいた。

「わっ！」

ワクドウの叫び声がした。ワクドウは電信柱を飛び離れ、さっきの牛に劣らぬいきおいで、夕暮れ道を走り出した。僕もワクドウといっしょに叫んだかも知れない。僕もワクドウのあとを追って走り出していた。大作伯父さんが焰を踏み越えて、追っかけてくるのではないか。そう思うと、走っても走っても足りないような気持で、足をピョンピョン振り上げて僕らは走った。走りに走った。呼吸が切れてへとへとになり、眼からは涙、鼻からは水洟《みずばな》が流れ出て、それ以上走れなくなるまで。——

その日の記憶は今の僕にそれで断ち切れている。その疾走によって僕のニガネがどうなったか、それも記憶にない。破裂したかも知れないと思う。あれからワクドウも、自宅にかけ戻って大作伯父さんのことを報告し、それから雪の中を連隊にカマボコを納めに出されたのだろう。(可哀そうにワクドウは小学校卒業の半年前に、赤痢にかかって死んだ) それからあの黒い牛は、何であんなにあばれ出したのだろう。ひょっとすると、あまりにもあの日は寒かったので、それに飼い主がゆうゆうと居酒屋でとぐろを巻いているので、さすがの牛も腹を立てて、走り出す気持になったのだろうと思う。おとなしい牛があんなに怒るなんて、よほどのことがあったに違いない。

一時期

その頃、一日一日を、僕はやっと生きていた。夢遊病者のように一日中ぼんやり動いていた。しかし生活してゆくための、不快な手ごたえと、ざらざらした抵抗感は、遠くから確実に僕をおびやかしていた。とにかく一日が終ればいい、時々たちどまって、僕はそう考えた。明日のことは、明日心配したらいいだろう。

そんな具合に、強いて自分の心の眼をつむらせる瞬間が、日に何度か来た。それはそのときの状況や行動と関係なく、いきなり胸にこみあげてきた。歩いているとき、椅子にかけているとき、便所にしゃがんでいるとき、人と話しているとき、などに、それはいきなり僕の心を揺《ゆす》った。僕はあわてて、自分を言いなだめる言葉を、さがさねばならなかった。

夜、眠りにつくときは、それでも大ていよかった。おおむね僕は泥酔していたから。そんな思念が胸にしのび入る余裕はなかった。しのび入っても、僕はそれをせせらわらうことが出来た。困るのはむしろ朝の寝覚めであった。

僕は本郷のある下宿に住んでいた。高台の鼻にたてられた三階建の下宿で、二階や三階は見晴しがよかったが、僕の部屋は階下の一番日当りの悪い部屋で、帳場にごく近い、書生部屋に類する位置にあった。下宿料もそのせいで、一等安かった。その部屋で、僕は毎朝、女中に呼びおこされた。

「もう七時ですよ。起きないと役所におくれますよ」

唐紙《からかみ》をすこしあけて、声がそこから飛びこんでくる。それで僕は眼をさます。布団の襟《えり》ごしに、唐紙のすきまから女中の顔が見える。それが僕の一日の最初にみる人間の顔であった。その顔もたいてい唐紙にさえぎられて、眼がひとつと鼻の半分位しか見えなかった。

「もう七時過ぎますよ。早く起きなさいよ」

この下宿には、女中が三人いた。名前はそれぞれ持っていたが、何度きいても僕は覚えられなかった。だから綽名《あだな》で僕は三人を区別していた。それはウシとネズミとキツネという分け方だった。おおむね顔や身体つきの類推で、木堂がつけた綽名であった。木堂はときどき酔ったあげく僕の部屋にとまりこんだから、女中たちをすぐ見覚えて、そんな綽名をつけたのであった。そんな名前をつけられても、女中たちは別に気にする風にも見えなかった。むしろよろこんでいるようにも見えた。

（おネズさんの顔だな）とか（今日はおウシさんだな）とか、僕の一日の意識は、ここから始まるわけであった。

この下宿に、僕は三年越しにすんでいた。そんなに長く住んでいるくせに、これが自分の部屋であるという実感が、どうしても湧いてこないのであった。僕はいつも一晩どまりで安宿にとまっているような気持ばかりしていた。四角なうすぐらい部屋で、床の間もなかった。狭い押入れがついているだけで、その他には何もなかった。窓をあけると黒い塀があり、窓の下には錆《さ》びたブリキの便器やこわれた牛乳瓶などがすててあるのが見えた。そして展望は全然利かなかった。

下宿というのは停留場に似ていて、いつもいっぱい人はいるけれども、常に同じ人々ではなく、次々変ってゆくものらしかった。同宿の人たちとも、毎朝食堂で顔を合せているわけだが、いつも初めて会うような顔ばかりで、いっこう親しめなかった。昔は部屋部屋に食膳をもってきたのだから、同宿とも顔を合せる機会はなかったが、戦争に入って配給制度になると、手を省《はぶ》くために食堂をつくって、そこで皆が飯をくうようになっていた。同宿の顔に見覚えがあるのは、二三人だけであった。毎日顔を合せているのに覚えないというのも、僕の弁別《べんべつ》力や記憶力がとみに薄弱になっているせいかも知れなかった。皆といっしょに食堂で、だまりこくって食う飯は、ひとりでぼそぼそ食う飯より不味《まず》かった。こんなに沢山いて、同じ量の飯を、同一のおかずで食べるということ、それが眼に見えているだけに面白くなかった。面白くないのは、僕だけでもないらしかった。食堂では、みな沈鬱な顔で飯をたべた。

この下宿は僕みたいな勤め人と、学生が半々位であった。毎朝玄関をでてゆく服装でそれは判った。ときどき下宿人のひとりに召集令状がきて、おウシさんかおネズさんが、餞別の回章をもって廻った。召集がくるのは、たいてい学校を卒業した勤め人の筈であった。ときには十日ほどの間に、二人も三人もつづけて来ることがあった。

僕をつめたく脅やかしているもののひとつは、たしかにこれであった。十全に生活する張りをうしなって、やっと生きているというのも、ひとつには、何時このような赤紙が、僕の現在をうちくだくかも知れないという不安があるためでもあった。回章をみる度にその不運な同宿人に、僕ははげしい同情をかんじた。その感じはそのまま、明日しれぬ僕の運命にくらくつながっていた。

しかしそれがなんだろう。餞別を女中に手わたしながら、僕はいつもそう考えた。くよくよしても始まらぬじゃないか。とにかく一日一日が終ればいい。

不運な同宿人がこっそりいなくなると、またあたらしい下宿人がいつの間にかその部屋を占めていた。歯がぬけるとすぐ義歯を入れるように、それは至極《しごく》なめらかに行った。そして前の人の名は、女中たちからも忘れられた。それはへんに中途はんぱな感じを僕におこさせた。

それらはすべて、人間の生態というより、色褪《あ》せた現象のように僕に見えた。僕をとりまく現実は、あの映写幕のなかのように、ぼんやり灰色がかっていた。そのなかにうごく僕の姿も、すでに色彩をうしなっているらしかった。

生活する感動を、いつのまにか、僕はすっかり無くしていた。

そのような僕に、ある日木堂が言った。

「おれたちはだんだん、つまらんことばかりに興味を持ってくるような気がするな。役所の仕事は全然おもしろくないくせに、役にたたんことには、むやみと情熱が湧いてくる」

その時僕らは、酒場の行列に加わっていた。五時からの開場を待つために、長蛇の列をつくって待っている人々のなかに、僕らもならんでいたのである。

「そうだな。役所の仕事も、いい加減重苦しくなったな。もともと出世したいと思いもしないし——」

「そういう考え方が、役人としては落第なんだな。出世したくないなどと、役人としては大それたことだよ」

「それの方が、気楽は気楽なんだけれどね」

「だからさ。一杯の酒にありつくために、三時間も行列する方が面白いだろ。役所をさぼってまでね。おれたちはいつまで経っても、雇いという身分なのさ。それをたのしんでいるようなところがあるだろう」

木堂も、役所の雇員であった。局は異っていたが、僕同様わりあい暇なポストで（暇だといっても、仕事はあることはあったが、それをやらないだけの話であった）だから僕といっしょに、昼間から酒場の行列にも加わることができるのであった。もともと探偵小説などを書いている男だが、戦時のこんな状態では、手も足も出ないから、役所にもぐりこんで、糊口《ここう》をしのいでいるという恰好であった。このような中途半端な連中が、役所のなかに、なんとなく幾人もいた。僕と気息があうのは、おおむねこのような男たちであった。そういう連中は、ほとんど雇員という職名を頭にかぶせていた。

僕が毎日勤めているところは、東京都の教育に関係した役所であった。それも事務関係というのではなく、一種の外郭みたいな、なにをしているのか判らないような、変な具合の役所で、場所も本局とは離れていて、四谷の方にあった。あそこらは今すっかり焼けてしまったけれども、混凝土《コンクリート》四階建のそれだけは、今でも残っていて、中央線を新宿の方から乗ってくると、トンネルに入る寸前に、左手の風景の高台のかげから、その一部分をちらと見せる。他の電車とすれちがうときは、さえぎられて見えない。電車であそこを通るとき、僕は今でも気になって、その建物が今にも見えるかと注意するのだが、すれちがう電車にさえぎられて見そこなう場合もあるし、その灰色の一部を、ちらと眼に収めることもある。僕にとって、電車の窓からみるこの建物の姿は、永久に jinx となるだろう。そこに毎日僕はかよっていた。

僕も勿論、ここでは雇いということになっていた。

この職場における僕を決定する、この雇員という名称が、僕にはなかば気に入っていた。名前の上に雇員と刷りこんだ名刺を、多量に注文して持っていたが、それを使用する機会はなかなか少かった。名刺というものは、もすこし偉くならなければ、必要なものではないらしかった。それほど責任のある地位に僕がいないこと、そして雇員という名称の、「雇われている」という感じが、僕をほっと肩落す気持にさせていた。

僕がそこであたえられていた仕事は、「東京都の教育」という写真のパンフレットを製作することであった。はじめ所長（ここの長は所長と呼ばれていた）から命ぜられたときは、その担当も僕と小竹主事補の二人になっていたのだが、一月も経たないのにどんな具合か小竹主事補は他の仕事にまわされて、あとは僕ひとりの担当になっていた。それはつまり、大東京の教育状況の写真をあつめ、それを一冊に編輯《へんしゅう》する仕事で、その意図はもっぱら、東亜の諸国にそれを頒布《はんぷ》し、もって教育における大東京の威容を誇示しようとするつもりであるらしかった。

だから写真を選定するにしても、汚ない校舎や貧弱な備品や、みじめな恰好の生徒がいる場面は、厳にさけねばならなかった。視学あがりのいかにも俗物という感じの所長が、僕をよんで言った。

「つまり皇都のだね、子弟たちがこんな立派な校舎と設備のなかでみごとに皇民として錬成されていることを、海外にもひろめてやろうというんだよ。わかったね」

わかることにおいては、僕は聞かない前からわかっていた。どのみち役人が思いつくのはこの程度のことなので、こんなことでもして予算を費消して、一仕事した気になるのが、東京都の役人の精いっぱいの智慧であった。ことに教育関係の役人の主だった連中は、どういうものか、極めて頭のわるい連中ばかりで、皇国民の錬成だとか、ミソギ教育だとか、馬鹿のひとつ覚えにそんなことばかり言っていて、ここの所長もその例には洩《も》れないのであった。できそこなった玄米パンのような顔をしたこの所長は、野暮《やぼ》ったい眼鏡の底から、僕をみつめて、

「小竹君も仕事の関係でよそへ廻り、君ひとりにこれをやらせる訳《わけ》だが、君は雇いとはいえ、充分仕事ができる人であるとは、かねがねから思っている。そのうち折を見て、主事補にも推薦したいと思っているから、まあしっかりやってもらいたい」

べつだん主事補にはなりたくないのだと、口まで出そうになったのを、僕はやっと我慢した。雇いで満足している心境を、こんな所長に話してもしかたがないのである。

こんな具合で、この仕事が僕の担当ということになっていた。しかし命ぜられて数箇月経っているにもかかわらず、仕事はほとんど進捗《しんちょく》しなかった。

僕は毎朝役所に出かけてゆく。出勤簿に印を押す。とたんに仕事への情熱がなくなってしまうのだ。今日という一日を、こんなやくざな仕事でつぶすのかと思うと、情けなくなってしまう。この「東京都の教育」は、僕にとって、極《ご》くやりがいのない仕事であった。東京都教育状況の、ありのままを写せというなら、まあ話もわかるけれども、いいところばかり写せというのでは、気持の入れようもなかった。だいいち情けないことには、どの程度の予算がこれに組んであるかといえば、お話にならないほど少くて、専属の写真屋をつれて写してあるくには、とても足りない小額であった。こんな予算でどうするのかと所長に訊ねたら、雑誌社や新聞社や写真協会から、すでに写された適当な写真をかりてきて、それでつくればいいというのである。おそろしくしみったれた仕事であった。つまり予算をとった手前の、申し訳みたいな仕事なので、しぜん担当も「雇員」の僕におしつけられたという訳らしかった。

で、出勤簿に印を押すと、すぐ僕は都内出張の手続きをして、たとえば写真協会に資料蒐集という具合にして、四谷の建物を出てゆくのである。そして道をあるきながら、一日をどんな風に終らせようかと考えるのであった。新聞社や雑誌社を廻るのも憂鬱であったし、写真協会にゆくのも気が進まない。写真協会のせまい閲覧室で一枚一枚写真を繰るのは、まったく面白くない仕事であった。そして何となく電車に乗り、何となく電車から降り、何となく木堂のいる役所の建物に足をむけるのが、僕の毎日のならわしのようになっていた。

役所というものの機構や実態は、僕には今でも判然としない。四年近く役人生活をしていながら、錯綜した迷路のなかにいたような漠然たる感じがのこっているだけで、どの仕事がどういう具合にうごいていたか、そんなことは全然理解にとどまっていない。まるで内臓のように複雑な仕組になっていて、意識して覚えようとするならともかく、僕のように興味をそこに置かないものにとっては、永遠に不可解な仕組にちがいなかった。

しかし、それにしても役所というところは、おそろしく忙がしい部分とおそろしく暇な部分が、なんとばらばらに混っていたことだろう。まるで心臓や肺臓のように一日中いそがしい部署があるかと思えば、胃や大腸のように、ときどきいそがしい部署もあるという具合であった。窓口事務で執務している同僚の役人をながめたりするにつけ、僕は自分の部署が、全体からみて、極めて暇な部分にあたることを、感じないわけにはゆかなかった。僕のところはこれらに比べると、まるで扁桃腺《へんとうせん》か虫様《ちゅうよう》突起みたいに暇であった。

このような虫様突起が、役所のあちこちに何となくぶら下っているらしく、木堂が属している課も、やはりそんな具合で、何時僕が訪ねても、誰も仕事をしている気配はなかった。みな机の前でぼんやり煙草すっているか、騒々しく雑談しているか、いつもそんな風であった。僕のいる部署の風景にそっくりであった。戦争をやっていて、役所においても、人手が足りない足りないといっているのに、こんな空洞が何故あちこちにあるのか、僕には判らなかった。僕に判っているのは、このような空洞が確かに存在し、そのひとつに自分がいるということ、そしてそれを利用する姿勢に自分がなっていることなどであった。早瀬のなかにところどころ、嘘のように淀みの箇所をみることがあるが、僕らの部署もそんなものかも知れなかった。そんな淀みのなかに、流れてきた藻《も》がとどまり、そのまま腐っているのを、子供のとき、小川で、僕は何度もみたことがあった。僕はときどきそれを聯想《れんそう》した。子供の僕は、なぜあの藻がいつまでも流れないのかといぶかったものだが。

「虫様突起というものではないだろう」

僕がそんな話をしたとき、木堂はちょっと厭な顔をして言った。そうして、しばらくかんがえて、

「耳たぶ、という具合には考えられないか」

「耳たぶも、しかし今では無用の長物なんだろう」

「しかし、虫様突起ほど、病的な感じはしないからな」

病的とは何だろう。また健康とは、どういう形であるものだろう。今の時代において、僕はそれらを理解できなくなっていた。自らが時代からはみでたコブのようなものであることは感じていたが、そうかと言って、コブであることに腹立てたり、恥かしがったりする神経は、とっくに失っていた。しかし、生きてゆくについての、不快な手ごたえと、ざらざらした抵抗感は、おおむねそこから出ていることも、僕は同時にかんじていた。するとまた木堂は言った。

「耳たぶ自身は役には立たないが、眼鏡を通じて、眼に奉仕しているだろう」

「酒をのんだり、ばくちをうったり、奉仕もないじゃないか」

そう言って、僕はわらった。

僕らは執務時間中に、ばくちを打つようになっていた。それはやはり役所のなかにある倉庫みたいな建物で、椅子や机の廃棄品やこわれた立看板などが、ごちゃごちゃにおしこまれた部屋部屋の一番奥に、六畳敷ほどの広さの物置じみた空部屋があって、各局の各課から、僕や木堂みたいなあぶれた余計者が、昼過ぎになると何となくぞろぞろとあつまってきた。ばくちがそこで開帳されるというわけであった。

しかしばくちといっても、花札や麻雀《マージャン》のような大がかりのものではなく、あぶれ者の僕たちにふさわしい、しみったれたばくちであった。新聞紙を縦に細かく切って、その一枚ずつをとり、その文字のなかに含まれた金額の大小によって、勝負がきまる仕組になっていた。予算の記事のきれはしがあたり、六百五十億円などという数字があたれば、場銭をその男が取ってしまうことになる。時には(定価一円二十銭)などという小額でも、他の連中に金額文字がなければ、勝をしめることもあった。場銭もすくなく、他愛もない勝負であったけれども、それだけに僕らの情熱をかきたてるものがあった。もしルーレットや花札のようなものであれば、僕らは興味をこれほどそそられることはなかっただろう。細長い紙片を、上から下へしらべる手付や感じから、このばくちはフィルムという名がついていた。

たいていその部屋に行けば、五六人の男たちがこのフィルムをやっていた。部屋のすみからこわれた椅子を引きよせて、だまって場銭を出して加わればいいのである。場銭は、踏みこまれたときの要心に、本物の紙幣ではなく、個人が発行する金札をあてていた。人間はなんという詰らぬところに凝るものだろうと思うが、その金礼もいろいろ工夫をこらして、ボール紙を四角に切って毛筆で丁寧《ていねい》に書いたのもあれば、どうごまかして押したのか、自分が属する局長印をれいれいしく押したのもあるのであった。極秘なという印をおしたのもあって、それが勝負にしたがってやりとりされ、後で清算されることになる。退庁時間がくると、かならず勝負が終ることになっていた。やくざな僕らではあったけれども、役人のはしくれであるからには、この辺はきわめて几帳面であった。

とにかく現職の役人たちが、昼日中、仕事をさぼって、こんな物置部屋でばくちを打っているということは、国民精神総動員の趣旨には至極外れたもののようであった。げんに隣の部屋には、その手の立看板の古びたのが、山とつまれてあって、ここに出入するたびに僕らはそれを眺めているわけであった。ここにあつまる連中の部署は雑多で、口うるさい男たちであったけれども、この部屋のことについては、秘密はよく保たれていた。僕らはすべて、脱落したような表情をうかべて、硝子窓に日射しがうすれるまで、フィルムをつづけるのであった。

この部屋にあつまる常連を、しかし僕はここで見知っているばかりで、どんな仕事をしているのか、どんな経歴をもっているのか、僕は全然知らなかった。このフィルムにうちこむ情熱の点だけで、僕は彼等と親近感をわかっていた。彼等も病める虫様突起にちがいなかったし、外的な力で破れ去る予感が、こんなフィルムにうちこむ原動力になっていると、僕は漠然と感じていたから。

「だれも戦争に反対する、そんな強い気持はないんだ。ほんとに反対するなら、あんな顔つきでフィルムなどやっているものか。潮の流れから、自分も知らないうちに、はみでてしまっただけなのさ。そのいきさつも、自分では判っていないんだ。だから、似てるだろう。飲屋にならんでいる連中とさ。そっくりのつらつきだよ」

いつか木堂がそう言ったように、そういえば両者はまことに似ていた。この頃酒の方はしだいに窮屈になっていて、莫大な金を出せばいざ知らず、飲食税のかからぬ範囲で飲もうとすれば、広い東京でもその数はかぎられていて、それも早くから行列しなければ不可能であった。とにかく一回の勘定が税のかからぬ金額内であるから酔うためには、二回も三回も行列の背後に廻らねばならぬ。その回数をかせぐためには、どうしても早くから行って並ぶ必要があった。

しかし早くから並ぶ必要があるとしても、五時開店だというのに、昼ごろからならぶような情熱を、皆はどこで支えていたのだろう。実際に、嘘ではなく、正午頃には行列がすでに出来ていたのである。このような酒場はさすがに、ごく安くて、いい品質の酒をのませる店であったけれども。

そしてそこに顔をつらねている常連が、フィルムの常連と、その感じが非常に似ているというわけであった。もちろんフィルムの常連は、一応は小役人だから、身なりにしてもそうくずれたところはなく、ちゃんと「防空服装」をまとっていたが、飲屋の常連はもすこしくずれていて、吹きよせられた落葉のような連中が多かった。しかし不思議なことには、たとえば木堂にしても、この行列に混ればちゃんと処を得て、一色にやすやすととけ入るようであった。防空服装も、ここに入ればたちまち、しおたれた印象をはなってくるのである。もちろん僕自身も、そうであるにちがいなかった。僕もこの行列の中では、わらの中に寝るような気易さをいつも感じていた。酒を飲む喜びにつながる、行列の喜びといったものを、僕は確実に体得していた。正午からならぶということも、僕にはその気持がはっきりわかっていた。しばしば僕らも、昼頃から並んだりしていたから。

僕は行列に混り、開店をまちながら、煙草をすったり、前後の人々と話を交したりする。僕はたいてい木堂といっしょであったが、時にはひとりでも出かけた。行列の会話というのも、たいてい他愛もない世間話で、どこそこの飲屋は盛りがいいとか、どこそこは札《ふだ》を何時から呉れるとか、そんな知識の交換などである。戦争末期に存在したこの種の安酒屋を、僕は今でも二十や三十憶い出せるが、浅草のカミヤバーとか新橋の三河屋のような大きな店をのぞくと、大抵《たいてい》横町とか裏町とか、そんな侘しい場所にあって、自然そこにあつまる連中も、そんな風景にふさわしい男たちなのであった。身体のどこかが脱落したような、ふしぎな臭いを漠然とただよわせていて、声は酒のためか必ずしゃがれていて、木堂の言葉によると、こんな声を、gin-and-water voice と言うのだそうであった。こんな役にも立たない言葉を、木堂はいくつも知っていた。

やがて店が開く。行列がすこしずつ動き出して、自分が入口へゆるゆる移動してゆくのが、言いようなく楽しい感じであった。しばらくすると、飲み終えたらしい人影が店の入口から出て、こちらに走ってくる。もちろん第二回を飲むために、行列の後ろへ走ってくるのである。その走り方は、ふしぎなことには、そろって幾分身体を傾斜させ、びっこを引くような走り方であった。まっとうな走り方をする者は、ほとんどなかった。

そしてそれは、連日の酩酊からくる身体の変調からでもあっただろうが、むしろ精神的な理由に起因しているように、僕には感じられた。やっと入場して、あわてて飲みほす。そして僕も木堂も入口を飛び出す。さて駈けるという段になると、僕らの走り方も自然とそんな具合になるのであった。そんな走り方をしながら、ずらずらとならんだ一列の眼を、逆にこすりあげながら、後ろの方にかけてゆく。ある複雑な表情を面にうかべながら。

後方へ走ってゆく連中は、すべて僕と同じ表情をうかべているわけであった。それらの表情は、複雑なニュアンスを含んでいるのでうまく表現しにくいが、ふたつの相反したものがごっちゃになって、強く顔に出ているという感じであった。喜びとかなしみと、あるいは誇りと自卑と、また親近と反撥と、それらがなまのまま組合わさって、なにか惨めな色をふくんでいるのであった。それはもちろん行列の眼を意識することから起るものにちがいなかったが、またそれを超えた個人個人の奥のものでもあった。このような時に、飲屋の常連は、もっとも常連らしい色を濃く打ちだした。

この広い東京のなかから、夕方近くになると、こんな風に集ってくる人々は何だろう。そのひとりひとりを探れば、いずれ僕みたいに、その日その日の終了のみをたのしむ人々には違いないだろうが、さて街をあるいてみると、烈《はげ》しい文句の立看板が立っていたり、防空壕がものものしく掘られていたりして、そんな脱落の表情をうかべているのは、僕ひとりのような気がするのであった。それが不安なので、僕はどうしても飲屋の行列に加わるために、あらゆる手段をつくさないわけには行かなかった。そして僕の内部で、酒への嗜好《しこう》が一種の倒錯をおこしていて、酒をのむために行列するのか、行列したから酒をのむのか、はっきりしなくなっていた。三時間も四時間も、じっと行列して待っていることが、自分に退屈であり苦痛であるのか、またそれに生甲斐を感じているのか、それもはっきり判らなかった。

しかしそれは、フィルムの件についても、同じであった。

フィルムに打ちこむ情熱という点で、僕は彼等と親近をわかっていたものの、その親近感も一皮むけば、ある嫌悪に支えられていることも否めないことであった。自分と同じ気持のものがいることは力強いことでもあったが、同時に不快なことでもあった。フィルムをやりながら、疲れてくると（三時間もつづけてやっていると、これはひどく疲れる仕事であった）僕は自分が不機嫌になってくるのが判った。そしてそれは、皆も同じらしかった。それをどんなにごまかしてゆくかが、いわば僕らの生き方のようなものであった。

僕にはっきり判っていることは、とにかく今の時代が居心地よくないということだけであった。そういう最大公約数を皆と分ち合っていた。どうすれば居心地よくなるかということは、僕には判らなかった。またこんな状態がいつまでつづくかということも、判らなかった。僕をおびやかしているものも、遠くはるかな形のないものをのぞけば、下宿料がたまっていることとか、「東京都の教育」をほとんど手をつけていないことか、そんなつまらないことばかりであった。こんな詰らないことが、僕に鎖のように重かった。「東京都の教育」についても、僕は再三所長から催促されていた。命令されてから、もう半年近く経っていた。進行中だとか何とか、ごまかし切れないところまで来ていた。

フィルムの部屋にあつまってくるのは、こんな僕と同じような中ぶらりんな位置にあるらしかった。執務時間中にこんなところに来るのも、どこかで無理をしていないわけはないので、勤務という点では皆うしろ暗いところがあるわけであった。だからこそ、フィルムに全情熱をかたむけ得るとも言えた。

「——課長がおれを呼んでね、今のままで一体どうする気か、つとめる気持あるのか、と聞きやがるから、おれは黙っていたんだ。だって返答できないからね」

そんなことを、フィルムの常連のひとりが言った。三十四五にもなるのに、まだ雇いで、背の高いやせた男であった。

「すると、君はなにかイズムを信じているんじゃないか。イズムをね。と言いやがった。なにもかも判ってるぞという顔をしやがったから、おれも困ってね。おれにも判りゃしねえんだ。仕方がないから、しばらくして、イズムといえば、Masochism を信じていますと答えてやったよ。へんな顔をしてたよ」

僕らはそれで大へん笑ったりしたけれども、実は僕も所長にそんな目にあっていた。ある日、出て行こうとするのを呼びとめて、所長が僕を小使室につれて行った。どういうつもりで小使室に呼び入れたのか知らないが、くだけて話するという気勢を示したかったものと思う。そして、君の勤務状況はあまり良くないが、何か不満でもあるのか、と問いつめられて、僕は大へん困惑した。仕事がおもしろくないのだと答えれば、何故おもしろくないのかと聞くにきまっている。そうなれば僕の理解を絶したことだから、うまいこと答えが出来るわけはないのだ。だからだまっていると、所長は黒縁の眼鏡ごしに、

「君は、学生時代にだね、何か、その方の運動でもやったことはないかね」

「はあ」と僕はいきおいこんでこたえた。「運動は、バスケットボールの選手でした」

所長はすこし呆れたような顔になって、僕を見ていたが、道理で背が高くていい体格

なんだね、と言いながら、仕方なさそうに笑った。それでその日は済んだけれども、又いずれ問いつめられるにきまっている。「東京都の教育」の写真にしても、まだ四五枚しか集めていないことがわかったら、僕としても申し開きが立たない。半年近くも、只で給料貰っていることになる。そんな僕にむかって、木堂が言った。

「おれは近頃、ますますフィルムと酒の行列に生甲斐をかんじるようになったな。しゃにむにという感じがする」

木堂はもともと背の小さなやせた男だが、近頃ますますしなびて、眼だけがキラキラ光るようになっていた。僕とほぼ同じ頃役所に入ったのだが、僕よりも出世がおそい風であった。近頃、あまり勤務成績があがらないから、他の課に廻す、と課長からおどされて、面白くない様子であった。

こういう木堂にしても僕にしても、生きてゆく情熱をすりかえて一点に凝集させるものを、毎日切に欲していた。それでいちばん手っとり早いのは、酩酊であった。ともすれば頭をもたげる心配をつぶす上にも、これは絶対に必要であった。

僕らはたいてい毎夜酔っていた。資金をどうにか調達して、毎日いそいそと行列に加わった。

五時に店が始まる。行列の前の方からざわめきが伝わってきて、もうその時は、前方の連中は店の内に入っている。そしてポツリポツリと傾いた人影が走ってくると、そろそろ列がうごき出す。ある陶酔が、すでに列全体を支配してゆくのが判る。

僕らはおおむね、強い酒をこのんだ。酒の味をたのしみに行くのではなかったから。いち早く酩酊をよびよせるために、そして今日という日をそれで終らせるために、泡盛《あわもり》とか焼酎をとくに好んだ。皆も同じ気持であることには、店が開いて、その日の品物が日本酒であることが判ると、列をぬけて他の店に走ってゆく連中もいた位であった。そしてウィスキーも不評であった。値段にくらべて量がすくなく、酔うまでに大へんだったから。

やがて一回目が終って、二回目の先頭がふたたび店に入るころから、行列はなんとなく華やいでくる。この長い大蛇のような人の列に、ひとわたり酒が行きわたって、昼の間の緊張をときほぐすような黄昏《たそがれ》のいろとあいまって、あの何ともいえない親しい温和な雰囲気にあふれてくる。この瞬間を、僕は何ものにもかえがたく愛した。黄昏とは、何といいものだろう。その黄昏の風物を——三河屋で見た夕月や、飯塚の柳や、堀留橋の蝙蝠《こうもり》や、カミヤバーの夕霧を、僕はいまでもなつかしく思い出す。今大急ぎであおった酒が、また列に加わっているうちに、ほのぼのと発してきて、風景は柔かくうるんでくるのだ。この時僕は始めて、自分を、人間を、深く愛していることに気がつく。それはひとつの衝動のようにやってくる。

それにしても人々は、僕もふくめて、何と性急に酒をあおるのだろう。あの強い焼酎を、ほとんど二口か三口でコップを乾し（まるで飲むことの責苦から一刻も早くのがれようとするかのように）そして外にとび出して、かけ出すのである。まるで自分の身体を、カクテルセーカーにしたように、傾き揺れながら走ってゆく。ある複雑な表情をうかべながら。

そして二回目三回目とすすむにつれて、温良な和《なご》やかさが騒然とくずれてきて、あたりはすっかり暗くなってくるのだ。酔っぱらっただみ声が、あちこちで聞え、僕らの頭のなかでも、酔いがゼンマイのように弾《はじ》け上ってくる。そうして僕らもすっかり酔っている。「東京都の教育」のこともフィルムのことも、すっかり頭から消えている。

泥酔した木堂をかかえて、僕はしばしば僕の下宿にもどったし、また僕がかかえられて、木堂の下宿にとまりに行った。そしてそのまま眠ってしまうと、朝までは何も判らなかった。朝になって眼を開いてから、昨夜の記憶をいそがしくたどり上げるのであった。それはなにかにがにがしいものを、おびただしく含んでいた。今日という一日が、また始まるという重苦しい気分が、それにかさなるのであった。すこし開いた唐紙のか

げから、おウシさんかおネズさんの眼玉がひとつのぞいて、

「もう七時ですよ。起きないとおくれますよ。おや、昨夜も木堂さんといっしょ？」

そんな時、木堂は僕のわきで寝ている。血の気のない、紙のように白くなって眠っている。

「早く起きて御飯たべないと、役所に間に合いませんよ」

毎朝そうやって眼覚めるたびに、此の部屋が僕の部屋ではないような気がするのであった。壁のいろにしても部屋の形にしても、なにかなじめなく、よそよそしい感じであった。まるで他人の部屋にとまっているような感じであった。

そしてこんな一日を、また夢遊病者のように、役所からフィルム部屋へ、また夜は飲屋へ廻る自分の姿が、もはやありありと予想されるのであった。

しかしそれでもいいじゃないか。僕は重い頭を支えて起き上りながら考える。とにかくまた今日を過せばいい。明日は明日でどうにかなるだろう。こんな状態がいつまでつづくのか知らないが、こういう一時期を、こんな形で生きてきたということも、それ以外に生き方が見つからなかったからだ。そいつは仕方のないことだ。僕はやっとのことで生きていた。太平洋戦争は少しずつ負けかかっていて、僕はもうすぐ三十歳になろうとしていた。

飯塚酒場

飯塚酒場の横丁の塀越しに、大きな柳の木が一本立っていた。夏の夕方などには、そこらに蝙蝠がひらひらと飛んだ。

昭和十八年の初め、行列は大体そのへんまでであった。酒場の入口からその柳の木まで、一列にぎっしり並んで、せいぜい四十人か五十人ぐらいのものである。だから五時開店で、次々に入場し、飲み終ったら外に出て行列の末尾につき、また入場し、そんな風にして、飲もうと思えばいくらでも飲めた。いくらでも飲めるとなると、人間はそういくらでも飲まない。いい加減満足すると引上げるということになる。今日無理に飲まなくっても、明日もあれば明後日もあるからだ。つまりその頃は、飲酒は遊びであり楽しみであり喜びであって、反抗とか闘いとか自棄《やけ》の域には達していなかったのだ。明日という日があるのに、何を無理することがあろう。

飯塚酒場はがっしりした建物で、梁《はり》や柱も太い材木が使ってあり、総体にすすけて黒くなっていた。窓がすくないので、内はうす暗かった。入口にかかった『官許どぶろく』という看板も、黒くすすけて、文字の部分だけが風化しないで浮き上っている。店から更に奥の土間に踏みこむと、そこに大きな掘抜き井戸があって、その水でどぶろくがつくられていたのだ。

その頃すでに、一人一回分の飲み量は制限されていた。一回入場すれば、どぶろくの徳利が二本、それに一皿のサカナ。サカナの種類は豊富で、その種類と値段が壁にずらずらと貼り出されてあり、どれもこれも質や量の割には安かった。戦時中の品不足の時代としては、もっとも良心的な飲み屋の一つと言えた。

だから三月、四月の頃から、行列がしだいに伸び始めた。新顔が日に日に加わってくるからだ。伸び始めたなと思うと、行列はばたばたっと伸びて行った。その伸び方の速度は驚嘆に価した。行列は伸びるだけでなく、それに比例して行列のつくられる時刻が、ぐんぐんせり上って行った。

五時開店で、それまでは五時すこし前にかけつけると、最後尾の柳の木の位置に並べたのに、行列が伸長するにしたがい、柳は最前方にかすむようになってきた。柳はもう末尾の象徴でなく、ひとつの目標に変ってきていた。行列が徐々に動いて、やっと柳の位置に到達すると、人々はほっと肩をおとし、ポケットから金を数えて出したりして、入場の準備をととのえたりした。手早く券を買い、手早くどぶろくを飲みサカナを平らげねば、また表に出て走って行列の末尾につくことにおいて、他人におくれをとるのだ。のんびりと行列していた状態から、こんな状態に変るまで、ものの二箇月もかからなかったと思う。

戦時日本のやりくりが苦しくなって、その苦しさがいきなり民需に皺寄《しわよ》せになってきたのは、昭和十八年の春から夏にかけてだろうと、飯塚酒場の行列の具合から、私は今でも推定している。飲食業者への配給が手薄になったために、業者はその乏しい配給をもって生活するためには、高価なサカナなどを抱き合わせて売る他はなかったのだろう。もちろん品薄を利用する商人の商魂もあったわけで、そんな具合であちこちの店がいきなり値上げをしたり、居丈高《いたけだか》になってきたりしたから、伝手《つて》を持たない善良にして貧しい大衆は、安くて良心的な店をあちこち探し求めて歩き、探し当てるとそこに蝟集《いしゅう》するということになってきた。私は今でも眼を閉じると、その頃あちこちに残った僅かな良心的な店の名を、その店構えや雰囲気などを、次々に思い出すことが出来る。飯塚酒場の柳の木の枝ぶりなどもそのひとつで、それはありありと私の記憶の夕暮れの中で今でも揺れているのだ。

この飯塚酒場に貧しい飲み手が蝟集してきた理由のひとつは、他の店にくらべて品物が潤沢《じゅんたく》であったからである。何故潤沢であったかと言うと、この店は政府の配給にたよらず、自ら生産をしていたからだ。

生産をしていたと言っても、原料の米は割当てにたよる他はないが、なにしろ生産の歴史が古いので、その実績を無視するわけには行かない。あの頃は、諸企業や事業の改廃統合は、おおむねその実績を第一としていた趣きがあって、実績というものがなければ、どうにもならなかった。実績は最大の強みであった。飯塚には徳川時代以来の実績がある。やすやすと配給を削減するわけには行かなかったわけだ。

そこで彼等（つまりその頃権力を保持していた者ども）は、配給を削減しないかわりに、製品を自己の組織用に捲《ま》き上げることによって、実質的な削減をした。すなわち飯塚酒場は、毎日二石八斗乃至《ないし》三石のどぶろくを税務署、警察、消防署などに義務として納めなければならなかった。毎日のことだから、大変な分量にのぼるのだ。そして蝟集した善良な飲み手への配当は、日に一石から一石五斗、多くて二石ぐらいなものだったと推定される。一人当り二合として、二石では千人分ということになる。

千人というとたいへんな数のようであるが、東京中からこの酒場を目指して集まってくるから、ものの数に入らない。

そこで行列の意味が、柳が末尾の時代から柳が目標の時代へと変化し、また飲むことの意味も内容的に変化してきた。楽しみや疲労回復のために飲むのではなく、「飲むために飲む」という形になってきたのだ。自分の身体がどぶろくを欲するか欲さないか、「飲むために飲む」のであるから、そういうことは問題にも何にもなりやしない。

戦時中あるいは戦後の配給制度が、酒をたしなまない人を酒飲みにさせ、煙草をのまない人に煙草の味を教えた。それにちょっと似たような関係がここに発生してきた。人人は飲むために行列し、そして一回でも余計に飲むために、大急ぎで飲み干して行列の末尾に奔《はし》った。どぶろくは味わうためにあるのではなくて、早く嚥下《えんげ》されるためにそこにあった。飯塚のどぶろくはたいへんな熱燗《あつかん》だったから、それを他人より早く飲むのは、さまざまの工夫と技術と、咽喉《のど》や舌などの訓練を必要とした。

妙な気取りというかダンディズムというか、そんなものがそういう具合にして行列の常連たちの間に、しだいに芽生えてきた。

それは以前の楽に飲めた時分には絶対に見られなかったもので、つまり他人より早く飲むことを誇りにし、また走って他人より早く末尾につくことを偉《えら》しとする。それが一種のダンディズムの形をとってあらわれてきた。

酒飲みくらべではあるまいし、早く飲むことが誇りになるかどうか、ちょっと考えれば判る筈なのだが、それはまたたく間に常連の一般的風潮としてひろがるようになった。

どぶろく一日分の絶対量に対して、需要者の行列がむやみに伸びたこと、そういう歪みの中において、そういう風潮は自然のものだったかも知れぬ。どうせ早く飲むからには酒の味はしない。酒の味がしないものなら、せめて早さにおいて競う以外に楽しみはないのである。

一人だけゆっくりとどぶろくの味をたのしむということは、その頃はもう許されないシステムになっていた。

何故かというと、定刻が来ると行列の先頭から、三十人なら三十人だけ入場させる。そしてそれらが全部飲み終って退場するまで、次の三十人は入ることが出来ないのだ。二十九人が退場したあと悠々と一人で飲んでおれば、次の三十人が入口から顔を出して罵声《ばせい》や怒声をあびせかける。気が立っているから、袋叩きにもあいかねない。

すなわちこの酒場においては、早く飲める者でないと、どぶろくをビールみたいにあおれる者でないと、入場の資格はなかった。それが資格であるからこそ、その資格の最上を競おうという気持になるのも、ある程度はうなずける話だろう。

日本記録や世界記録を競うように、短時間であけることを競争する。それは本当の常連、早くから馳《は》せ参じて先頭の方に並んでいる連中に、それはいちじるしかった。

定刻が来る。先頭の何十人かが入場して、その分の合い間を詰める行列の動きが最後部まで波及しないうちに、先頭グループのトップはいちはやく店を飛び出して、末尾目指して疾走して行く。後尾の連中は、行列の動きではなく、トップが走ってくることによって、もう開店したことを知るわけだ。そして次々走ってくる。皆そろって傾いた恰好で走ってくる。均勢のとれた正常な走り方をする者はほとんどいない。たいてい右か左に傾いて、マラソンの最終コースの走者みたいに走ってくる。

「飯塚のどぶろくにはね」ある男が私に教えた。「焼酎がすこし混ぜてあるんだ。だから利きがいいし、長年飲んでいると、どうしてもあんな走り方になってしまうんだ。あの万ちゃんがいい例だよ」

万ちゃんというのは飯塚酒場の長年の常連で、本来は俥夫《しゃふ》なのだが、本業にはあまりいそしまず、消防署下で八百屋をやっている弟の庇護《ひご》を受けながら、毎日飯塚に通っていた。アルコール中毒というより、どぶろく中毒というべき人物で、トップに立って走ってくるのは、たいていの場合この万ちゃんであった。万ちゃんの走り方は三十度ばかり左に傾いていた。

（万ちゃんは別として）万ちゃんやその他の連中の走り方を観察しながら、私は時々考えた。（皆そろって傾いて走るのは、自然にそうなるのではなくて、やはり一種のダンディズムじゃないのかな。気取り、あるいは、照れ）

そして実際に自分の番になり、行列の視線を逆にしごいて走る時、傾いて走る方がやはり具合のいいような感じもあった。私の場合は、照れの気分もすくなからず混っていた。なにしろたくさんの視線を逆にしごくのに、胸を張って堂々と走るわけには行かない感じがたしかにあったのだ。やはり傾走がその場にふさわしかった。万ちゃんのはそんな気取りやポーズではなかった。長年のどぶろくが身体のどこかをむしばんでいて、運動神経の働きもすこしは鈍っていたらしい。彼は戦後のある日新宿で飲み、（飯塚は戦災で焼けたから）電車はタダ乗りして帰宅の途中、電車から飛び降りたとたん、大型自動車に衝突して、彼らしい壮烈な最後をとげた。やはりどぶろくのために運動神経が弱まっていて、ついタイミングを誤ったのであろう。

しかし神経はにぶっていても、彼のどぶろくの飲み方は、群を抜いて早かった。コツがあったのである。

徳利から盃《さかずき》についで飲む、そんな正常の方法を彼はとらなかった。その方法はどぶろくが熱燗だから、かなり時間がかかるのだ。

先ず器《うつわ》の大きいサカナを注文する。サカナの種類は問わない。器が大きければ大きいほどいいのだ。その器の中のサカナを指でぶら下げ、空いた器の中にどぶろくを注ぎ込む。それをあおるのである。器は盃より大きいから冷え方も早い。だからスピードが上るのだ。それであおって、サカナは指にぶら下げたまま飛び出し、走りながらそれを食べるのだ。

空気の抵抗を極度に排除するために、航空機は非常に美しい流線形のかたちをとる。眺めるだけでもこころよい。万ちゃんのやり方もそれと同じく、その合理性において、ほとんど美しく壮烈であると言ってもよかった。

では、万ちゃんはその飲み方の速さにおいて、衆人の畏敬の的《まと》になっていたかと言うと、それはそうでなかった。畏敬と正反対のものの的になっていた。

皆もその速さを競い争っていたにもかかわらず、万ちゃんが畏敬されなかったのは、その極致の姿において、競い合いのバカバカしさがあらわに出ていたからだろう。極致というやつはどんな場合でも、奇怪でグロテスクなものである。人間という生身《なまみ》の場合においては特にそうだ。

行列が伸び、後尾は角を曲り、更に伸びてまた角を曲ってくるようになると、どうしてもそれを整理する人間が必要になる。つまり世話人だ。

それらの世話人は、行列の伸長につれて自然的に発生し、やがてそれらは一種のボスとなって行った。

その世話人の発生、ボス化は、実に典型的な過程を示していて、私は今でも思い出しては興味をそそられる。

ボスの元締めと言うべきは「棒屋」という男で、何で棒屋というのか知らないが、棒か何かの製造に従事していたのだろう。

その下にレンガ屋、赤鼻、なんて言うのがいて、その下に万ちゃんがいた。万ちゃんは小ボスというより、ボスの手下であり、手下であることによって行列に割り込んだり、あるいはタダで飲ませて貰ったりしていた。

彼がそういう位置を占め得たのも、実力によるものでなく、この酒場に何年何十年と通った「実績」による方が大きかったのだ。

実績という言葉は、判ったような判らないような、たいへん日本的言葉で、私はこの実績ならびにボスの形成の有様を、いつか別の形でくわしく書いてみたいと思う。

百円紙幣

酒癖なんて言うものは、その人の身についたものでなく、ちょいとしたことで変化するものですねえ。何かの機会で酔い泣きをすると、それが癖になってしばらく泣き上戸《じょうご》になったり、それからいつの間にか怒り癖がついて怒り上戸になったり、そんな具合に一定のものではないようです。

今から二十年ばかり前、僕がかけ出しのサラリーマンの頃、妙な酒癖が僕にとりついたことがあります。どんな癖かと言うと、酔って戻って来て、部屋のあちこちに紙幣や銀貨をかくすと言う癖なのです。

どうしてこんな困った癖がついたか。

ある夜、おでん屋でいっぱい傾けながら、連れの同僚が僕にこんなことを言いました。物を拾う話から、このような話になったんです。

「この間の大みそかは実にうれしかったねえ」

「何を拾ったんだい？」

と僕は訊ねました。

「拾ったわけじゃないんだがね」

同僚は眼を細めて、たのしげな声を出しました。

「日記帳の大みそかの欄をあけて見たら、そこに十円紙幣がはさまっていたのさ」

「へえ。そいつはどう言うわけだね。誰がはさめて呉れたんだい？」

「誰もおれなんかにはさめて呉れないよ。はさんだのはおれ自身らしいのだ」

「君が？」

「そうなんだよ。酔っぱらって、はさんだらしいんだ」

この同僚も酒好きで、泥酔するたちで、僕同様まだ独身でした。

「どう言うわけではさんだか、もちろんおれは覚えてないが、大みそかになって、夜ひとり静かに日記帳を開く。すると思いもかけぬ十円紙幣が出て来る。そこでおれはあっと驚き、かつ喜ぶ。その驚きと喜びを、酔っぱらったおれが期待したらしいのだね。つまりこれは、酔っぱらいのおれから、素面のおれへの、暮れのプレゼントなんだろうと思うんだが、どうだね」

なるほどねえ、僕はすっかり感服した。感服のあまりに、僕にそれと同じ酒癖がついてしまったと言うわけです。酔っぱらって戻ってから、なるほどあの話は面白かったなあ、おれもひとつやって見よう、素面のおれは実にしょんぼりして可哀そうだからなあ、ひとつここに五円紙幣をはさんで置いてやるか、てな具合にかくしてしまうらしい。らしいと言うのは、素面の時にはその時のことがよく思い出せないからです。

僕も同僚に劣らぬ酒好きで、酒を味わう方でなく、ひたすら酩酊するたちで、しかも酩酊すると前夜の記憶をさっぱり失ってしまうたちでした。金《かね》かくしの好条件が具っていたというわけです。

その頃僕は独身で、アパートに一部屋を借りて住んでいました。月給は八十円か八十五円、今の金に直して三万四、五千円ぐらいなものですか。アパート代は月十四、五円です。時勢とは言いながら、今のサラリーマンにくらべて、比較にならぬほど豊かでした。だから、毎日ではないが、週に二度ぐらいはラクに飲める。飲んで紙幣をかくす余裕もあったのも当然です。

で、その頃から、僕の部屋のあちこちから、たとえば押入れの中の夏服の胸ポケットから、風邪薬の袋の中から、硯《すずり》箱の硯の下から、ありとあらゆる突拍子もないところから、一円紙幣だの五十銭銀貨などが、ぽっかりと発見される、と言うようなことが起きて来ました。机の裏に五円紙幣が押しピンでとめてあるのを、偶然な機会に発見したこともあります。しかしたいていは小額紙幣や銀貨で、何故そういうことになるかと言えば、十円紙幣などはかくしても、翌朝眼が覚めて在り金を勘定する。いくら飲んだくれでも、おでん屋なんかで飲む分では、一晩に十円も使う筈はないのですから、ははあ、昨夜かくしやがったな、と気が付く。そしてあちこち探し廻って、しらみつぶしに探し廻って見つけてしまうということになるのです。十円紙幣を探し廻っているついでに、五十銭玉を三個も四個もおまけに発見することなどもあって、たのしいと言えばたのしいようなもんですが、とにかくそれは困った酒癖でした。

古雑誌をクズ屋に売り払う時でも、一応全頁をめくってしらべないと、はさんだまま売ってしまうおそれがある。油断もすきもないのだから、かないません。

月末になって、金がなくなる。いっぱいやりたい。どこかにかくれてやしないかと、部屋中を探し廻って、一枚の五十銭銀貨すら見付け出せなかった時の空しさ、佗しさ、哀しさは、これはもう言語に絶しました。そんな時には素面の僕は、飲んだくれの僕を、呪う気持にすらなるのです。

「チェッ。こんな時のために、五円紙幣一枚ぐらい、かくして置いたってよさそうなもんじゃないか。一体何をしてやがんだい！」

酔っぱらったら必ずかくすと言うんじゃなく、酔っぱらった時の気分や、持ち金の多寡、その他いろいろの条件がそろった時、初めてかくそうと言う考えを起すらしい。だから、何時でも、部屋の中のどこかに、金がかくされているわけではありません。だからこんな具合に、すっぽかされることも、度々あるのです。

しかしこれは、別に他人に迷惑をかける悪癖じゃありませんから、特別に努力して矯正しようとも思ってなかったのですが、その酒癖のために、僕はある時大損害を受けるということになりました。以下がその話です。

ある晩友達と一緒に飲み、れいの如く酔っぱらって、ひとりでアパートに戻って来た。ずいぶん飲んだので、翌朝は宿酔の状態で眼が覚めた。枕もとにゃ洋服やネクタイ類が、脱ぎ捨てられたまま散乱しています。僕は痛む頭をやおらもたげ、不安げに上衣を引寄せた。内ポケットから袋を引っぱり出し、逆さにしました。

「おや。おかしいぞ」

僕はおろおろ声で呟き、あわててあたりを見廻しました。

「一枚足りないぞ。また昨夜かくしやがったのか」

袋と言うのはボーナス袋で、ないと言うのは百円紙幣のことなのです。昨日二百五十余円のボーナスを貰い、百円紙幣が二枚入っていた筈なのに、今朝袋から出て来たのは、百円紙幣が一枚だけで、あとは十円や五円が数枚。昨夜ハシゴで飲んで廻ったとは言え、百円紙幣に手がつく筈は絶対になかったのです。

「まさか落したんじゃないだろうな。落したとすればたいへんだぞ」

百円紙幣は、今の金に直すと、四万円ぐらいにでも当るでしょうか。その値打においての、今の五千円紙幣の七、八枚分に引合うでしょう。いくらのんきな僕でも、さすがに顔があおくなって、眼がくらくらするような気分でしたねえ。

早速僕は電話で会社に、病気で欠勤する旨《むね》を伝え、痛む頭を押さえながら、直ちに百円紙幣探しに取りかかりました。十円紙幣や五円紙幣なら、ボーナスの翌日のことですから、いずれどこからか出て来るだろうと、笑って放って置けるが、百円紙幣となればそうは行かない。かくしたのか落したのか、はっきりさせて置かないことには、何にも手がつきません。

それに僕の給料は八十円そこそこなんですから、百円紙幣にお眼にかかれる機会はほとんどなく、それ故に実際以上に貴重に思われるのでした。探す手付きに熱意がこもったのも、当然と言えるでしょう。

そしてその百円紙幣は見付かったか。

午前中潰《つぶ》しての探索も、ついに効は奏さず、とうとうその百円紙幣は発見されなかったのです。たかが六畳の部屋で、独身者だから荷物も多くはない。午前中かければ、もう探すところはなくなってしまうのです。洗濯して行李にしまってあった足袋の中から、五十銭銀貨が二枚ころがり出ただけで、肝腎《かんじん》の百円紙幣はついにどこにも発見されませんでした。

「ああ。何たることだ！」

僕は天井を仰いで、がっかり声を出した。

「折角二枚貰ったのに、残るはこれ一枚になってしまった」

残る一枚を大切そうに撫でながら、僕は痛嘆しました。実際昔の百円紙幣は、今の四万円分だけあって、実にどっしりして威厳がありましたねえ。表には聖徳太子と夢殿の図。『此券引換に金貨百円相渡可申候』という文字。裏には法隆寺の全景が印刷してあります。眼をつむれば今でも、その模様や字の形が、瞼の裡にありありと浮んで来るほどです。紛失したんだから、なお一層記憶が鮮明であるのかも知れません。

でも、百円紙幣がなくなったからって、そう何時までも大の男が、嘆き悲しんではいられない。忘れてしまうというのではないが、その嘆きも時が経つにつれ、だんだん薄れて行ったようです。

そして二箇月ほど後、僕はこのアパートから、食事付きの下宿に引越すことになりました。アパートは食事付きでないので、月給を貰うと、ついゴシゴシと飲み過して、月末には飯代にも窮するということになり勝ちです。下宿なら金がなくなっても、飯だけは食わせて呉れますからねえ。

下宿に移ってから四箇月経って、次の賞与、つまり暮れのボーナスですな、それが出ることになりました。額は前期に毛の生えた程度です。

その晩僕は同僚たちとあちこち飲み廻り、いい気持に酩酊、十二時過ぎに下宿に戻って参りました。どっかと机の前に坐り、ボーナス袋から紙幣を取出した。その百円紙幣を一枚つまみ上げたとたん、僕の手は僕の意志に反して、と言うより手自身が意志を持っているかのように、狐の手付きのような妙な動き方をしたのです。僕はびっくりして、自分に言いました。

「おい。どうしたんだい?」

すると手の動きは、はたととまった。(ここらは酩酊していて、翌朝のぼんやりした記憶ですから、たいへんあやふやです)

「へんだねえ」

ふたたび僕は僕に言いました。

「何かやりたいんじゃないか。やりたいように、やってみたらどうだい」

何か微妙な感覚が僕の内部にひそんでいて、それがしきりに僕をうながすらしい。僕はそれを探りあてるために、

「こうして」

「こうやって」

「次にはこうやって」

と呟きながら、その感じを確かめようとすると、僕は自然にそのまま立ち上り、百円紙幣を四つに折り、ふらふらと部屋の隅に歩き、自然と背伸びの姿勢となった。紙幣をつまんだ指が、鴨居《かもい》にかかりました。紙幣をその溝に押し込もうとするようです。

「なるほど」

一種の譫妄《せんもう》状態での動作だし、どうもぼんやりしている。それから僕は机の前に戻って来て、はげしいねむ気を感じたが、必死の努力で机上の紙片に今のことを書きつけたらしいのです。素面の僕に知らせようとしたのか、そこらは全然はっきりしない。漠として、夢魔におそわれたようです。

で、翌朝、宿酔の状態でぼんやりと眼が覚めました。見ると机上の紙に、字がぬたくってある。ははあ、何か書いてあるな。何度も指でなぞって見て、やっと判読出来まし

た。

『カモイの中に百円札かくした』

昨夜の動作が、その文字の意味から、漠とした形ですが、端から少しずつつながるようにして、思い出されて来ました。僕はふらふらと立ち上って、鴨居を探ると、はたして四つ折りの百円紙幣がそこから出て来た。

「どうもおかしいぞ」

百円紙幣をつまんで寝床に戻った時、ある荒涼たる疑念が、突然僕の胸につき上げて来ました。酔っぱらって百円紙幣をつまんだ。条件反射的に鴨居にかくした。これは一体どう言うことなのか。深層心理に埋もれていたものが、酩酊時に百円紙幣に触れたとたんによみがえり、それを素面の僕に知らせるために、僕にそんな動作を取らせたのではないか。

「あのアパートの部屋には、鴨居に溝があったかどうか？」

あのアパートでの百円紙幣探しで、自分の荷物は丹念に点検したけれども、鴨居のことには注意が向かなかったことを、僕はぱっと思い出したのです。

「しまったなあ。どうすればいいか」

溝があったとすれば、その中に百円紙幣がかくされている可能性は充分にある。しかしあの部屋には、もう他人が住んでいる。おいそれと入ってのぞいて見るわけには行かない。泥棒と間違えられる。と言って、五円や十円ならあきらめるけれど、ことは百円紙幣だ。月給を上廻る額の紙幣が、あの部屋の鴨居に、現実に眠っているかも知れぬ。現在の住人も、一々鴨居の中まで調べはしないだろうから（調べる必要はないわけだから）百円紙幣があそこに温存されている可能性はたいへん多い。僕は声には出さず、自問自答しました。お前はどうする？　あきらめるか。放って置くか。お前に放って置けるか。いいか。百円だぞ。汗水出して働いた一箇月の給料より多いんだぞ。しかももともと、お前の所有物なんだぞ。誰のものでもない。お前の金なんだぞ。どうする？

とにかくその男と、いや、女である可能性もある。その人物と、どういう方法かで、近づきになる必要がある、と僕は思いました。

アパートは下宿と違って、鍵がかかるのですから、その鍵を持った当人に近づかねば、あの部屋には入れない。

で、僕は勤めの余暇、休日などを利用して、調査を開始しました。あの鴨居に四つ折りの百円紙幣が入っているとして、百円紙幣に脚は生えていないのだから、逃げたり消失したりするわけはない。だから、急がなくてもいいようなものの、やはり早くカタをつけた方がいい。無ければ無いでいいから、気持をはっきりさせたい。こう言う気持、お判りでしょうねえ。

西木東夫。これがあのアパートの部屋の住人の名でした。齢は僕より三つか四つ上。勤め先は市役所の会計課です。西木がこの部屋の住人となったのは、僕が引越して三日目のことで、当分あの部屋から引越すつもりはないらしい。と言うのは、アパートの管理人に訊ねてみたら、なかなか居心地の良い部屋だと、西木は満足しているとの答だったのです。満足しているとすれば、当分引越しはしないでしょう。引越しするんだったら、も一度僕があの部屋を借りてもいい、そう思ったんですがねえ。

以下、管理人からそれとなく聞き出したことと、僕が尾行したりして調べたことをないまぜにすると、西木はたいへん几帳面な性格で、会計課なんかには打ってつけな性質で、毎日の生活も判でも押したようにきまっている。朝出て行く時間や、夜戻って来る時間も、特別の場合をのぞいて、五分と狂いがない程です。食事は外食で、アパートの近くに大野屋と言う安食堂があり、朝と夕方はそこで食事をするのです。調査の関係上、僕も西木と並んで飯を食べてみましたが、なにしろ定食が朝が十銭、昼と夕が十五銭というのですから、たいへん安い。したがって味の方はあまり上等ではありません。そして毎日の献立がほとんど変化がなく、よく毎日々々ここに通って、同じものを食っておられるなと、ちょっと感心させられる程でした。几帳面な性格だからして、西木は飯の食べ残しなんかしない。一粒残さず食べてしまう。食べ終ると、パチンと銅貨を置き、背を丸めてとっとと出て行く。西木は背が高かった。五尺八寸はあったでしょう。背が高いから、あんな猫背になるのでしょう。

背が高いと言う点で、僕はちょっと心配でした。背が高けりゃ高いほど、鴨居には近くなるわけですからねえ。

酒はどうかって？

その点僕もよく観察したのですが、西木も酒は好きらしい。好きらしいけれども、ケチなのか、あるいは給料がすくないのか、度々は飲まないようです。一週間に一度だけ、それも土曜日だけで、勤め先の近くででも飲んで来るのか、大野屋に入って来る時刻が、二時間やそこらは遅れる。赤い顔をして入って来て、定食を注文する。定食の前に一本つけさせることもあったようです。

西木に近づきになるためには、この土曜日を利用するのが最上だ。僕はそう考えました。酒と言うものは、見知らぬ同士をよく仲良しにさせますからね。それに僕らは、もう見知らぬ同士じゃなかった。調査の関係上、僕はよく大野屋に出入りして、飯を食ったり酒を飲んだりしていたので、向うでも僕の顔を覚え込んだようでした。話こそしたことはないが、向い合って飯を食ったこともあるのですから、顔ぐらい覚えるのは当然でしょう。

そしてある土曜日、僕は大野屋におもむき、ちびちびと盃《さかずき》をかたむけながら、西木東夫が入って来るのを待っていました。大野屋のお銚子は、一本二十銭でした。シメサバなんかを肴に、ちびちびやっていると、のれんを肩でわけるようにして、猫背の西木が入って来ました。予期した通り、顔が赤くなっています。時刻が遅いので、他にお客は一人もいませんでした。

僕の斜め前に腰をおろすと、西木はちらと僕の方を見ました。僕の前にはもうお銚子が四本も並んでいます。西木はそれを見て、定食を注文しようか、それとも一本つけさせようかと、ちょっと迷ったらしいのです。そこで僕はすかさず、酔っぱらい声で話しかけました。

「どうです？」

僕は盃を突き出しました。

「一杯行きませんか」

西木は面くらったように眼をぱちぱちさせましたが、少しは酒が入っていることとて、すぐに乗って来ました。

「そうですな。いただきますか」

西木は席を僕の前にうつし、女中を呼んで、自分のお銚子と肴を注文しました。

「寒いですなあ。お酒でも飲まないと、やり切れないですなあ」

「そうですね。帰っても待っているのは、つめたい蒲団だけですからねえ」

と僕は相槌《あいづち》を打ちました。

「あなたもお独りですか」

「そうですよ。アパート暮しですよ」

「そうですか。僕も以前アパートに住んでたこともあるが、アパートは下宿より寒々しいですな」

僕は西木に酒を注いでやりました。

「どちらのアパートです？」

西木はアパートの名を言いました。僕はわざとびっくりしたような声を出しました。

「へえ。僕もそのアパートに住んでいたことがあるんですよ」

「ほう。どの部屋ですか」

「二階の六号室です」

「ほう」

今度は西木がびっくり声を出した。

「僕が今住んでいるのは、その部屋なんですよ」

「それはそれは」

僕は眼を丸くして、また西木に盃をさしました。

「奇遇と言いますか。ふしぎな御縁ですなあ」

「ほんとですねえ」

同じ部屋に住んだという因縁だけで、西木はとたんに気を許したらしいのです。いっぺんに隔てが取れて、西木は急におしゃべりになりました。もちろん僕も。部屋の話から管理人の話、勤め先の話から月給の話などに立ち入る頃には、僕らの卓にはもう十本ほども並んでいました。僕は作戦上、自分はあまり飲まず、もっぱら西木に飲ませるようにと心がけたので、西木もすっかり酩酊したようでした。

そろそろ看板の時間が近づいたので、僕は手を打って女中を呼び、いち早く十円紙幣を出して、勘定を済ませてしまいました。几帳面な性格だから、西木はしきりに割勘を主張して、

「そりゃ悪いよ。僕も出すよ」

と言い張りましたが、

「いいんだよ。お近づきのしるしだから、いいんだよ」

と僕は無理矢理に西木を納得させました。

それから二人は大野屋を出て、ぶらぶらとアパートの方に歩き出しました。西木は酒に強いようで、あれほど飲ませたのに、あまり足もふらついていないようです。

アパートの前にたどりつくと、僕は帽子に手をかけて、

「では」

と言うと、こちらの作戦通り、儀礼的にでしたが西木は僕を呼びとめました。

「ちょっと寄って、お茶でも飲んで行かないか」

「そうだねえ」

僕は考えるふりをして、それから答えました。

「じゃ寄らせて貰うか。昔の部屋も見たいから」

靴を脱いで階段を登り、西木のあとについて部屋に入る時、僕の胸はわくわくと高鳴った。ちらと見上げると、ちゃんと鴨居に溝がついているではありませんか。

「ちょっと待ってて呉れ給え」

西木は外套も脱がず、薬罐《やかん》を下げて廊下に出て行きました。部屋の中に水道がないの

で、洗面所まで汲みに行ったのです。

「今だ！」

僕はぱっと壁にへばりつき、鴨居の溝をさぐり始めました。ずうっとさぐって行くと、東北隅の溝のところで、ぐしゃっと指に触れたものがある。僕の心臓はどきりと波打ちました。

「しめた。あったぞ」

声なき声を立てて、それをつまみ出すと、驚いたことにはそれは百円紙幣でなく、数枚の十円紙幣でした。その時入口のところから、僕の背中めがけて、つめたい声が飛んで来た。

「君はそれを取るために、今日僕に近づいて来たのか！」

いっぺんに空気がひややかになって、緊張が部屋いっぱいに立ちこめました。僕は西木をにらみながら、指先で十円紙幣の枚数を読んだ。それは五枚ありました。

「あれをくずして、五十円使ったのは君か！」

僕も低い声で言い返しました。

「あれは君の金ではない筈だぞ」

「しかしここはおれの部屋だぞ」

西木はめらめらと燃えるような眼で、僕をにらみ据えた。

「おれの部屋の中で勝手なことをする権利は、君にはない。家宅侵入罪で告発するぞ」

「じゃ出て行きゃいいんだろ。出て行きゃ」

僕は五枚の十円紙幣を、そろそろと内ポケットにしまい込みました。

「そのかわり、この五十円は、僕が貰って行くぞ」

西木は何か言い返そうとしたが、思い直したらしく、空の薬罐を持ったまま、じりじりと部屋に上って来た。二人はレスリングの選手のように油断なくにらみ合ったまま、ぐるぐると部屋を廻った。そして僕は扉のところに、西木はその反対側に位置をしめたのです。僕は声に力をこめた。

「では、帰らして貰うぞ。あばよ」

うしろ向きのまま、僕は廊下に出た。そろそろと扉をしめました。階段の方に歩きながら、追っかけて来るかなと思ったが、西木はついに追っかけて来ませんでした。そして僕は無事に靴をはき、寒夜の巷《ちまた》に出ました。

百円紙幣の話は、これでおしまいです。とうとう百円紙幣は取り戻せず、半額だけが僕の手に戻って来た。

でも、あの鴨居の中の百円紙幣を、どうやって西木は見付け出したのだろう。その疑問は二十年経った今でも、僕の頭に残っています。鴨居の溝なんかのぞき込むなんてことは、なかなかない筈のもんですがね。

偶然の機会に百円紙幣を発見、そして西木は金に困る度に少しずつ使ったのではないか、と僕は想像しています。丁度半金使い果たした時に、僕があらわれたと言うわけでしょう。ちゃんとおつりを元の鴨居に隠して置くところに、彼の几帳面さがあったわけでしょう。その几帳面のおかげで、僕は半金を取り返せたのですから、むしろ僕は感謝すべきだったのかも知れません。

防波堤

青い入海に、防波堤は一筋に伸びていた。毎日釣道具を持って、私はその防波堤の突端に渡った。

此の防波堤は突端の混凝土《コンクリート》の部分だけが高くなっていて、そこに到る石を畳んだ道は低く、満潮時には水にかくれてしまう。だから水の冷たい季節には、引潮のときに渡り、再び引潮をねらって戻らねばならぬ。しかし七月に入って水がぬるむと、海水着だけに釣道具をたずさえあるいは胸の辺までも海水に没して渡った。帽子の中に煙草とマッチを入れ、釣竿と魚籠《びく》と餌箱を胸から上に保ち、すり足で歩く私を、潮が烈しく押し流そうとする。本来ならば、畳んだ石にカキが隈《くま》なくくっついているのだが、撒餌《まきえ》に使うため金槌《かなづち》で皆剝がして持って行くものだから、剝がした白い跡に青い短かい藻がぬるぬると密生して草履《ぞうり》をはいていても時には滑った。潮の流れと苔のために、私は何度も防波堤から海面に押し流されて、餌に逃げられた。私は泳ぎはどうにか出来たから、勿論溺れるようなことはなかったが、釣竿や魚籠を保護するためには、しばしば海水を飲んだ。一旦防波堤からほうり出されると、釣竿やその他の道具を水の上に保ったまま、潮流に抗して再び防波堤に泳ぎつくのは、誠に至難のわざであった。だから始めから滑らないように用心するに越したことはないのである。毎日私は、のろのろと、そして潮の流れと反対の方に体を曲げて、長い時間の後、三町程も先にある突端にたどりつく。そこは海面より遥かに高かったから、満潮時でも水に浸ることはなかった。魚籠を海に垂らし、餌箱を横に置き、日に灼《や》けた混凝土に胡座して釣糸を垂れる。そして帽子の中から煙草を取り出し、一服をゆっくりと楽しむ。私がはく煙は、海風のためにちりぢりに散って行くのである。

其処は、静かな世界であった。市街は、海を隔てた一里位のところにその灰色の姿を横たえていた。天からは明るいものが微塵と降りて来た。外側に波が立つ日でも、防波堤の内側は嘘のように静かである。風は、海面を低く渡って来て、防波堤のためにせき止められるものらしかった。

——私の父はかつて此の地方の魚釣りの名手であった。だから立派な道具も沢山あった筈だけれど、父が死ぬと同時にそのような道具類も一緒に焼いてしまったのだ。死を聞いて東京から私が帰って来たときは、父はもはや白い骨になって、骨壺の中で微《かす》かな音を立てた。釣糸を垂れながら、私は昔見たそのような立派な道具を不図《ふと》思い出す。私が今使っているのは、一円たらずの安い竿であった。しかしそれでもメバルが毎日かかるのである。魚釣りが好きであった私の次弟を連れて来ればどんなに喜こぶことだろう。弟は兵士となって大陸にいた。此の夏は、兄さんと一緒に魚を釣れることになるかも知れないと此の前のはがきに書いて寄越した。私もまた戦におもむく筈であったけれども、その日始めて軍医の注意で私は自分の胸の病気を知ったのだ。自覚もしない程の軽微なものであったから、私は二箇月程療養院にいて、それから医師の指示で毎日魚釣りを日課にするようになったのだ。青い海に浮ぶ白い浮子《うき》を一日中眺めながら、私の胸にはさまざまの想念が浮んでは消えた。それは形のある、はっきりした想念ではなかった。たとえば——椅子だとか算用数字だとか革手帳だとか、意味のない表が次々に胸に浮んで来る。そして弟のこと——大陸を流れる濁った河だとか黄色く爆ぜる火薬だとか、そのようなものが連絡なく頭に浮ぶと、騒擾《そうじょう》に満ちた一種の陶酔が私の身体を満たし始める。長い間の都会生活で病んだ神経が、此処でゆるゆるとほぐれて行くのを感じながら、青い太陽を私は眺めるのであった。そして私は日増に色が黒くなり、肉も少しずつついて来るようであった。

其処には何時も誰かが釣糸を垂れていた。夜は夜で、チヌの夜釣りがいるから、つまり此処には二十四時間誰かいることになる。少しずつ顔ぶれは代って行くようだったけれども、それでも毎日顔を合せる連中は自然に一つの群《グループ》をつくっていた。年寄りもいるし、若いのもいるし、また少年もいたが、此の連中と長いこと顔を合せていて私は一度も彼等の職業や身分を感じ取ったことはなかった。彼等は常に一様な表情であり、一様な言葉で語り合った。いわば彼等は、世間の貌《かお》を置き忘れて来ている。――そして、此の群の中で上下がつくとすれば、それは飽くまで釣魚の上手下手によるものであった。たとえば碁会所や撞球場で上手な人が漠然と畏敬の対象となっているように、ここでも上手は幾分横柄にふるまうし、あまり上手で無いものは控え目に振舞っているようであった。それも、意識的ではなく、自然に行われていた。がそれもはっきりした純粋なものではなくて、技術だけが問題である此の世界でも、また人間心理のそれぞれの陰影を含んで来るようであった。

此の群には、そして、微かではあったけれども、一種の排他的な気分があった。私が始めて此処に来たのは五月の頃であったけれども、彼等と口を利くようになったのは一箇月も立ってからである。もっとも私も故知れぬ反撥を彼等に感じて、なるべく隔って釣ってはいたのだが、ある日のことどういう潮加減かメバルの大きいのが私の釣針につづけさまにかかったのだ。その日から彼等は私に口を利くようになったのだが、いわばその日を元服の日として私も大人の仲間入りをさせられたものらしい。思うに、彼等の中にある微かな排他の風情も、つまりは此のような微妙な優越感に過ぎないのだ。

日曜日になると、此の防波堤は沢山の人出で埋められる。勤人や職工や学生が、休みを楽しみに来るのだ。それを防波堤の常連は、お素人衆と称して嫌った。だから日曜日には、彼等はほとんど顔を出さなかった。しかし、素人衆とさげすみはするものの、私が見るところでは、両者には、伎倆《ぎりょう》の点からはさほど径庭があるものとも思えなかった。もし違う点があるとすれば、魚釣りということに打ちこむ熱情の差であっただろう。面白いことには、日曜日の客達はひとしく世間の貌で押し通そうとするのである。たとえば、人の釣っているうしろで大声で話したり、他人の魚籠を無遠慮にのぞいたり、そうした無神経さが防波堤の常連の気にさわっていたのかも知れない。が、魚釣りを楽しむという点では同じであったから、その点においては両者はひとしく素人であったのだ。

と言うのは、此の防波堤には本当の漁師が来ることもあったからである。

それは大阪弁を使う一群であった。おもうに何等かの事情で移住して来た之等の漁師たちは此の湾の漁場漁場は土地の漁師たちに占められ、また舟も持たないしするから、仕方なく此の防波堤を仕事場に選んだらしかった。彼等の多くは、防波堤の岸に近い部分の礎石についた赤貝を採っていた。それも、五月の冷たい水の中にさえも、平目のように沈んで行き、二分三分ともぐっていた。その連中が、ときたま釣竿をたずさえて突端にやって来るのである。――私は之等の漁師のつり方を仔細に見ていて、素人と玄人の釣り方の差異をはっきり知ったのである。

私の見たところでは、玄人の釣り方は、あらゆる合理的な基礎の上に立っている。だいいち釣れそうな天気でなければ来ないのだ。ところが常連のは、魚の引きを楽しむためにことさら弱い竿を用いたり、あるいは必要のない時にリール竿を使ったりするのである。そのような優柔な釣り方の中にあって、「是が非でも」釣り上げようとする漁師の圧倒的な気魄《きはく》は、あきらかにそれによって生活を支えていない人々から遥かにかけ離れていた。それはむしろ壮快な眺めであった。防波堤の常連は、之等漁師を、素人衆と同様、その粗大さの故に嫌っていたらしかったが、私は、漁師たちの赤銅色の肉体や旺盛な生活力に、むしろ讃美と好意のおもいを禁ずることは出来なかった。これは釣竿ではなかったが、水にもぐり、水中鉄砲で魚を射止める風変りな漁師がいた。

「私むかし、捕鯨船に乗り組んでおりましてな」

捕鯨船のモリから、此の水中鉄砲を考案したというのである。もう五十位になる、非常に和やかな、人なつこい表情の男であった。引鉄《ひきがね》を引くと、ゴムが外れて、長さ二尺程の小さなモリが射出される。勿論そのモリは銃身につないであるのだから、刺された魚は逃げ出すことは出来ない。彼の話によると、防波堤のへりには、私達の糸にはなかなかかからないチヌが、うようよと群れているということであった。大きな水中眼鏡をかけ、水面上で深呼吸を何度もしていたかと思うと、急に身体を平たくして海の底に沈んで行く。そして暫くすると一尺以上のチヌを突き刺して浮き上って来るのである。防波堤の縁は高かったから、常連の誰かが獲物を受け取って、防波堤上の大きな魚籠に入れてやる。時には、腕ほどの大きさの鰻《うなぎ》のこともあったし、また、鯔《ぼら》のこともあった。私は此の男から、いろいろと海の底の話を聞いた。私達にとっては、海が濁っている方がチヌは釣りやすいのだが、此の男にとってはそれが反対になるらしかった。

「横向きになるのを待っているうちに、呼吸が苦しくなりましてな——」

正面を向いた魚をうつと、肉が壊れてしまって売物にはならないらしい、それほどそのモリの力は強かった。いつか常連があつまって、ゴムを引鉄にかけようとしたけれど、誰一人として成功したものはなかった。ところが彼は、水の中で立ち泳ぎをしながら、楽々とかけるのである。ゴムをかけるコツや、水中鉄砲を考案した苦心や、あるいは捕鯨船のときのことを語るとき、彼は本当に嬉しそうであった。

此の男は、時間を見はからってやって来て、二三時間の間に四五年物のチヌを二十匹ほども取ってさっさと帰って行った。その伎倆の故をもって、此の男が常連の畏敬と羨望の対象となっていたのは勿論である。が、考えて見ると、五十にもなって冷たい水にもぐらねばならないことは、むしろ不幸なことであったにちがいない。

いつか、此の男が重い魚籠を下げて海岸まで戻って来たとき、私も其処にいた。日曜日であったか、海岸を散歩していた人々がそれを見に集って来たが、その中の一人が、土産にするのだから売って呉れないか、と此の男に言った。勿論魚は新鮮だし、直接漁師からだから安いだろうと思ったにちがいない。男は暫く考えていた。そして、一尺程のを手にとって、一円五十銭なら売ろう、と不愛想に答えたのである。それは法外に高値だと思われた。売って呉れと言った男は、皆が見ているものだから、引き込みが付かなくなって、とうとう買って行ったのだが、防波堤の突端では、あのようになごやかな組しやすく見えた此の男の表情が、そこでは冷厳なまでに抜け目なく変ったのに私は驚かされた。当時私は、医師のすすめで毎日魚釣りをしていたのだから、此の男の獲魚の直接背後につながるこのような厳しい現実の面を見たとき、何かひっぱたかれるような思いであった。私も病気がなおればそうした現実の生活に戻って行かなければならないのは当然であった。私は海岸の道を帰りながら、そうした現実が私に程遠いものであることを感じ、また何時かはそこに帰って行かねばならぬことをもの倦く考えていた。おもうに、私の気力は、肉体とともに、未だ回復してはいなかったのだ。

常連と口を利くようになって、私は彼等からいろいろのことを教えられた。たとえば、デコやゴカイよりは岩虫の方が餌としては適当であり、更に防波堤のへりに附着する黒貝の肉が一番良いことも知った。その頃はメバルは既に遠のいて、キスゴ、セイゴ、平あじ、鯖子、沙魚《はぜ》などが来ていた。日によっては鰡の大群がよせて来ることもあった。或る日餌がなくなったので、私は海の中に飛び込んで黒貝を採ろうとした。水面近くのは皆採り尽してあるから、可成《かなり》深い所までもぐらねばならなかった。苦心してひと握りの貝は採ったけれど、扨《さて》防波堤に上ろうとすれば、誰かが上から手を引いて呉れねば上れなかった。ところが皆知らぬふりして、誰も手を貸そうとはして呉れなかったのである。馬鹿な私は、医師から水泳は堅く禁じられているにも拘らず、防波堤の低い部分まで五十米《メートル》ほども泳がねばならなかったのだ。その時は少からず腹が立ったけれど、後になって考えて見れば、彼等が特に私に辛くあたったわけではなくこういうのが彼等一般の気質であったのだ。彼等の、此処に於ける交際は、いわば触手だけの交際であった。触手がある物にふれるとハッと引っこめるイソギンチャクに彼等は似ていた。

こんなことがあった。

その日は玄海灘《げんかいなだ》の方に厭な雲が出ていて、沖は真暗だった。ごうごうという音と一緒に、三角波の先から白い滴が一せいに散った。三十分後か一時間あとになるか判らないが、一雨来ることだけは確実であった。しかしその時は魚が次々とかかっていたので、誰も帰ろうとはしなかった。雨に濡れたとしても、夏のことだったから、さほど困りもしなかったからである。だから皆困った顔をするよりも、むしろ変にはしゃいでいるような気配があった。

「暗いね」

「一雨来るね」

「沖の暗いのに、白帆は見えない、ね」

そんな冗談を言い合いながら、魚を次々に上げていた。その時、私の横に釣っていた男が、ぽつんとはき出すように言った。

「もっと光を、かね」

もっと光を、と言うところを独逸語で言ったのだ。私は思わず横をむいてその男を見た。黙って浮子を眺めている。

その男は四十近くにもなるだろうが、勿論何の商売をしているのかは判らぬ。いつも汚れたシャツを着こんで、行く先や知らねどあの身になりたい、と言った歌を何時も口《くち》吟《ずさ》んでいる。勿論先刻の言葉だって、誰かに聞かせようとして言ったわけではない。ついロから出たに違いないのだ。暫くして、私は不意に「フン」と言ったような気持になった。何故だかは判らないけれど、防波堤の常連に対して何とはない漠然とした嫌悪の念が湧き上って来るのを感じた。それは突つめて行けば、私にも共通しているらしい人間の弱さに対する反撥に似ていた。

此の弱気とも臆病ともつかぬ、常連たちの不思議に優柔な雰囲気の中で、ときには争いが起ることもあった。それはどう言う理由があるわけでもない。極く詰らない理由で、——たとえば、釣糸が少しばかり自分の方に寄り過ぎているとか、妙な声を立てるから魚が逃げてしまうじゃないか、と言ったようなことで、今まで和やかな雰囲気の中に、急にとげとげしいものがみなぎって来るのである。しかし結局殴り合いや喧嘩になることはまれで、四辺になだめられたりして居るうちに治まってしまう。うやむやの中に仲直りしてしまう。しかしそのような対峙の瞬間にあって、それ等当人達の表情は、相手をたおそうと言う勇猛な意欲にあふれているわけではなくて、二人とも、皆からいじめられた子供のような表情をしているのである。このことが痛く私の興味を引いた。彼等は二人とも非常に腹を立てている。が、それは必ずしも対峙した相手に対してではないのだ。何者にとも判らない不思議な怒りを、彼等は何時も胸の中にたくわえているらしかった。なだめられたまま治まって、またもとのように背を円くして並んでいる後姿を見るたびに、私は自分の心まで寒くなるような、悲しい人間のあり方を見ずにはいられなかった。

一度だけ、殴り合いを見た。

これもやはり詰らない原因からだったが、何を、と一人が立ち上ったので、相手も仕方なさそうに立ち上った瞬間に二人とも闘志をすっかり無くしてしまったように見えた。あとは、立ち上ったその虚勢を、如何にして不自然ではないように治めてしまうかが問題だったのだ。何か二言三言低い声で言い争ったと思うと、片方がおどすようにのろのろと拳を振り上げた。ところが相手がじっとしているものだから、追いつめられた此の男はせっぱつまって、本当に相手の頭をこつんと叩いてしまったのだ。

打たれた方の男は、びっくりしたような顔をして一寸の間じっとしていたが、いきなり相手の胸を取って横に引いたのである。殴った方は呆然と立っていたところを急に横に押され、中心を失って簡単に海の中に落ちてしまったのだ。それから皆で大騒ぎして、濡れ鼠になったのをやっとの事で引っぱり上げたのだが、可笑《おか》しなことには、突き落した男が先頭に立って、着物を乾かすのなどを手伝ってやったりして世話を焼いたのである。そして別段仲直りの言葉も交さずに、漠然と仲直りをしてしまったのだ。着物が乾いて夕方になると、いつもは別々に帰るくせにその日に限って、一緒に談笑しながら防波堤を踏んで帰って行った。反撥しようとする意欲よりも慣れ合おうと言う意識の強い、出来るだけ自分の廻りに摩擦を避けようとする之等の人々の生活態度を見て、私はようやく彼等に対する一つの感じがはっきり形を取り始めるのを感じた。それは、不潔なものを見たときの感じに良く似ていたのだ。

毎日毎日魚釣りを続けているうちに、私は自分の釣竿や魚籠や、安いものであったけれどそんな道具類に一種の愛着を感じ始めていた。それからまた、私は餌のゴカイという虫が好きになった。全くゴカイは、女体のように艶《なまめ》かしかった。餌屋で買ったゴカイが、粒がそろって生きが良ければ、私の心は躍った。身もだえするゴカイを釣針に刺すのは、一種の不思議な快感があった。

勿論、防波堤で餌がなくなった場合でも、常連は決して分けて呉れることはなかったから、少しいつも余分に買って行かねばならなかった。そのゴカイを私は一度盗まれたことがある。

それは七月の末か八月の始め頃であったと思う。曇った日のことであった。あまり人は来ていなかった。私と反対側には、夏休みになったのか近頃毎日姿を見せる十三四と十ばかりの兄弟らしい子供がいた。どちらも頭の大きい貧相な感じのする子供たちだったけれど、仲々釣りはうまくて、何時も私の二倍位釣り上げて帰って行くようであった。その日は餌を使ってしまったのか、人の魚籠を見て廻ったり、脚を組んで沖を眺めたりしていたのだが、――私は餌をつけかえようとして餌箱を見た。するとゴカイがいなくなっている。まだ数十四かたまっていたのだが、たった二三匹になっていて、その二三匹も箱の縁にひっかかって伸び縮みしている。盗ったな！　私はすぐにその子供たちを振り返った。私の方を眺めていたらしい小さい方の子供の視線と私の視線があった。急におびえた表情になって、視線を外らして、少し体を後方にずらすようにした。兄の方は黙って釣糸を垂れたまま、じっと浮子を眺めている。

先刻まで、餌が無くてぼんやり海を見ていたのだ。今、海面を凝視している兄の硬《こわ》ばった頬は、痛い程私の視線を感じているにちがいない。私は意地悪く、じっとそれから視線をはなさなかった。先刻、私のうしろで何かかすかな跫音《あしおと》がしたのを私は気にも止めないでいたのだが、そうか、弟を手足に使って餌を盗ったのか、と私は暗い気持になりながらそう思った。そろそろ帰ろうと思っていたところだったから、餌を失ったことは別段打撃ではなかった。ただ、それほどまでして餌をほしがる子供の気持が、私の心を暗くしたのだ。私は帰り支度をした。そしてその子供達の横を通るとき、彼等は私の視線を避けるようにして、ことに弟の方は身体をかたくしてあきらかにおそれに満ちた表情でそっぽを向いていた。そのまま振り返らず、私はまっすぐに防波堤を岸の方にあるいた。急に不快な感じが私の胸にこみ上げて来たのである。それは何故であったか判らぬ。子供たちからなめられたような気がしたのか、子供たちの所業がしゃくにさわったのか、また、子供たちの所業を見逃した自分の弱さが不快をそそったのか、私は膝までひたす海水を足ではねのけるような気持で進んで行きながら、その感じが次第に烈しい憤怒にかわって来るのを意識した。

それから何日位経った日のことだろう。やはり曇ったような天気のはっきりしない日であった。私は、釣れないでいい加減くさっていた。その上、岩にひっかけて何本も糸を切らしていた。——昼はとっくに過ぎているのに、私の魚籠はほとんど空であった。その子供たちも来ていた。——ふと振り返ったとき、此の前と同じように子供達は餌を使い尽したと見えてぼんやりと並んで海を見ていたのだ。私は無意識の中に、彼等に気付かれないようにそっと自分の餌箱を脇に引きよせた。その瞬間、そうした自分のやり方のひ弱さが急にあらあらしく私に反撥して来た。前の日の憤りがよみがえって来た。しかし、今腹立てても仕方はないことであった。私はその気持をはらいのけようとして首を振ったとたん、ふと、あの子たちにこちらから餌を分けてやったらどうだろうという思い付きが頭に浮んで来たのである。

私は立ち上り、餌箱を持ってその兄弟に近づいた。跫音を聞いて振り返った兄弟は、急に警戒するようにその表情を鋭どくして私を見つめた。兄は、よりそって来た弟をかばうようにして身体を動かした。その眼付は私をたじろがせるほど烈しかった。

「餌をやろうか。え？」私はさり気なく言ったつもりだったが、あるいは彼等はその言葉の裏に何か底意を感じたのかも知れない。

「餌が無いのだろう。いらないのか」兄は警戒の表情を動かさないで、じっと私の顔を見ている。弟の顔は次第にくずれて、泣き出しそうな顔になった。しかし泣き出しはしなかった。次第に私はこんな愚かな思い付きを後悔し始めていたのだ。しかし此のままひっこむわけには行かなかった。私は少しいらだって来た。「餌をやろうと言うのだよ」そして私は笑って見せようとしたが、笑い顔にならなかったかも知れない。突然兄の方が、いやにはっきり答えた。

「いらん！」そうか、と私は言い、しかし俺はもう帰るし、餌は捨てるんだから、要るのなら置いてゆくよ、とまだ言い終らないうちに、「いらない」とも一度兄が言った。前ほどはっきりではなくて、何か弱々しいひびきをもっていた。そうか、と、しかし私は少しむっとした。しばらく立っていたが、わざと兄弟の目の前の海面にゴカイを捨てた。緑色を帯びた海水に、赤いゴカイは美しく伸び縮みしながら沈んで行った。

海沿い道を歩いて帰りながら、私は次第に憂鬱になって来た。私は、あの貧相な兄弟のことをあれこれと考えていた。あの子達は、父が居ない、母だけのうちじゃないのか。そして彼等が釣って来る魚が重要な家計の足しになると言ったような。いつも餌を使い果しているのも、餌を充分買うだけの金の無い家庭ではないのか。

それはことごとく私の感傷に過ぎないのかも知れなかった。防波堤の常連と同じく、現実の摩擦を避けるために私が打った手が、逆に私を惨めにしたに過ぎなかったのだ。しかし、それはそれとしても、あの兄弟達の前に投げ込んだゴカイほど美しいものは、私はあまり見たことがない。それから後も私はしばしば此の兄弟に会ったけれど、もはや交渉を持つことはなかった。ただ、彼等を眺めるたびに、私は惨酷なほど美しかったあの虫たちの光景を思い出さずにはいなかったのである。

そのようにして日日はうつり、季節は変って行った。私の肌は全く赤銅色になったし、また何時も夕方になると襲って来る背中に貼りついたような鈍痛も取れた。それと同時に私は次第に魚釣りに倦《あ》き始めたのかも知れない。それよりも、あの常連に顔合せたくないと言う気持が少しずつ萌《きざ》し始めていたのである。赤土崖を曲るとき、今日こそは誰も居ないように、と私は心の中で祈念しながら防波堤への道を急いだ。

たとえば防波堤のような浮世を離れたところで終日暮す人々の間にも、人間のもつ悪徳は何らかの形で現れて来るのである。人間に、顔や手足があるように、悪徳は人間の肉体にくっついて、体臭の如くあるものらしかった。しかし私はそれをいやだとは思わなかった。そのような人間臭のない透明な性格はあり得ないだろうし、あったとしてもそんな人間は退屈にきまっている。私が常連と顔合せたくないのも、彼等のもつ悪徳故ではなかった。むしろ私はそうした悪徳を、時には人間的な保証として認める気にすらなっていたのだ。――それにも拘らず、防波堤の常連へ私の足を阻む力は何であったのだろう。並んで話しながらも、何か私の心を常連から背けさしたのは、何であろう。そして、青い海や白い雲にかこまれて、釣りというものは極めて健康なものである筈にも拘らず、私が其処から嗅ぎ取った微かな腐臭は、あれは何故であっただろう。――それは、此の釣人たちの気質の中にただよう、まぎれもない頽廃の徴呈であったのだ。

防波堤で殴り合った男も、日曜日の客を素人とさげすんだ男も、あるいは餌を盗んだ子供も、彼が自らの人生に打ち込むべき熱情を、他の低いものとすりかえているのだ。熱情を徒労にすることによってのみ自分を支えて生きて行かねばならぬ彼等の心情が、常に私の心を暗くして来た。もっと光を、と言うのも、それはゲーテの臨終の語であるよりも、あの見すぼらしい釣人の、自分の生活に対する偽りのない本音ではなかったのか？　毎朝飯支度をととのえて防波堤におもむく。夕陽が沈むころまで糸を垂れている。目に見えぬ何ものかに引かれて此の生活を毎日続けていた私も、次第に倦怠を覚え始めていた。あの常連の、俗から逃避して来た俗人達の姿を嫌悪しながらも、私はなお憑かれたもののように防波堤に通った。そして海の色は季節と共に色彩を変え、海岸に群れ立つ樹々の梢《こずえ》に、法師蟬が鳴き始めた。その頃から波の動きが著しくなって、午後からは必ず三角波が立った。そして八月二十日が来た。此の二日前に大陸に於て私の弟は、私が待ちこがれていた帰還を数旬に控えて戦死したのである。

そのことも知らずに私は此の日を釣竿をかついで防波堤に来ていた。数日来、良い天気が続いていた。秋が近くなったせいで、沙魚が次から次にあがった。それも此の日は、不思議に大きな、六寸七寸のがかかった。針を入れるたびにぐっと引く快感に、私は心を奪われていた。——ふと、私は海岸に目を向けた。日のかんかんあたる海沿い道を、子供一人、一生懸命にかけている。こちらをむきながら、手をひらひらと振っている。夢の中の出来事のように現実感のうすいその風景の中から、遠く私を呼ぶ声が微かに伝わって来た。それは、私の末の弟であった。はっとして、私は立ち上った。その呼声に私は不吉な胸騒ぎを感じた。何だろう。釣竿を畳まないままかついで、水苔の道をひとすじに急いだ。岸についた、手を振り止めて、弟はじっと佇っている。「兄さんが戦死した」岸にのぼる石に足をかけたまま、私は不吉な予感が的中した口惜しさに凝然と唇を噛んだ。暫く便りがないと思っていたが——なだれ落ちる赤土の崖を食い止めた石垣の下に白く一筋つらなる石畳の道に、あかあかと燃える夕陽の光が反射して、それがぎらぎらと私の目にしみ入った。山の上からは法師蟬の鳴く声が、雨のようにはげしく落ちて来る。此の一瞬の光景を、私はおそらくいつまでも忘れることは出来ないだろう。

忙がしい暗い数日が過ぎた。ある夜、私は疲れて所用から帰って来た。うっすらと霧がかかった空に、満月が出た。血のように赤かった。明日は大潮だ、と思った。が、再び釣竿を取る気にはなれなかった。また四五日して、西日本を襲ったあの颱風《たいふう》が来た。私達は電燈のつかない暗い夜を、ぎしぎしと鳴る家鳴りの音を聞いた。そして夜が明けた。うそのように風は止んでいた。私は表に出た。私の家の前を流れる、海につづく掘割は黄色く濁って静まっていた。此のありさまでは、海の水も濁っていると思われた。おそらくチヌを釣り上げるには、絶好の日のようであった。が、私には、釣りに行こうと言う気持はもはや起って来ないようであった。それはただ弟が戦死したからという理由だけではなかった。弟の戦死を契機として、私の心の中には、烈しいもの、何かたぎり立つものに立ち向って行きたい意欲が次第に萌し始めていたのである。身体の方もやはりそのように、回復に近づいているらしかった。私は、私の前に来るべき未来の生活の形が、私の前に極めて切実なもの、親近なものとして立ちふさがるのを感じた。

私は今、秋風の吹く東京にいる。私の今からの生涯で、あのように毎日毎日を釣りに過ごす日は、老後でない限りは再び訪れて来ないだろう。しかし私はそれを淋しいとは思わない。それはもはや私とは関係のない世界である。釣竿も、弟の死んだ日のまま、畳まれもせず裏の塀に立てかけてある筈だ。その糸も、風が吹くたびにほおけて行くのだろう。しかしそれももう私の記憶からうすれかけている。が、時折私の脳裏に、海中に突出た防波堤の形や、青い海や、さまざまの魚族や、灼けつくような太陽や、そして未だ秋風の吹く突端に顔を並べているだろう常連たちの姿が、一種の哀惜の感じを伴って、ふと浮んで来るのである。

初出一覧

I

三十二歳　「文藝」昭和四十一年三月号
己を語る　同前

＊

怠惰の美徳　初出未詳、『馬のあくび』（昭和三十二年、現代社）所収
蝙蝠の姿勢　「群像」昭和二十四年四月号
憂鬱な青春　「群像」昭和三十四年十二月号
終戦のころ　「世界」昭和二十五年八月号
編集者の頃　「群像」昭和三十六年十月号
茸の独白　「新小説」昭和二十二年五月号
エゴイズムに就て　掲載紙未詳、昭和二十二年
世代の傷痕　「新文芸」昭和二十二年八月号
近頃の若い者　「新潮」昭和二十八年十月号
文学青年について　「新潮」昭和二十八年十一月号
私の小説作法　「文藝」昭和三十年二月号
人間回復　「文学新聞」昭和二十三年一月
衰頽からの脱出　「人間」昭和二十三年三月号
聴診器　「新潮」昭和三十七年四月号
閑人妄想　「新潮」昭和三十八年二月号
二塁の曲り角で　「新潮」昭和三十四年六月号
昔の町　「修猷」八十六号、昭和二十八年四月刊
暴力ぎらい　「えきすぷれす」昭和三十九年三月刊
鳥鷺近況　「新潮」昭和三十一年七月号
只今横臥中　「文學界」昭和三十四年十二月号
あまり勉強するな　「毎日新聞」昭和三十三年

六月二十九日
オリンピックより魚の誘致　「週刊現代」昭和三十六年七月二十三日号
居は気を移す　「新潮」昭和三十年六月号
法師蟬に学ぶ　「群像」昭和三十三年十二月号
チョウチンアンコウについて　「近代文学」昭和二十四年十月号
アリ地獄　「毎日新聞」昭和三十三年六月八日

II

寝ぐせ　「オール讀物」昭和三十三年一月号
猫と蟻と犬　「小説新潮」昭和二十九年九月号
寒い日のこと　「世界」昭和三十年十二月号
一時期　「文芸首都」昭和二十三年九月号
飯塚酒場　「新潮」昭和三十年十月号
百円紙幣　「日本」昭和三十三年三月号
防波堤　「生産人」昭和十七年

解説

荻原魚雷

やる気が出ない。働きたくない。できれば、酒を飲んで寝ていたい。

そんな症状にお悩みの方に、この本をおすすめしたい。

人間の欲には、食欲、性欲、睡眠欲、物欲、名誉欲などがあるけど、わたしは〝怠け欲〟という欲もあるとおもっている。

裕福な暮らしがしたいとか、もてたいとか、うまいものを食いたいとか、そういうことにまったく興味がないわけではないが、基本、面倒くさい。それより二度寝がしたい。

欲は人を作る。世にいう怠け者は、怠けることに貪欲な人といってもいい。

「寒くなると、蒲団が恋しくなる。一旦蒲団に入れば、そこから出るのがいやになる」

梅崎春生の「寝ぐせ」という短篇の書き出しである。

わたしはこの小説を読み終えた途端、全集を衝動買いした。心を摑まれた。自分のための文学だとおもった。知り合いの古本屋さんに梅崎春生のことを聞いたら「棚に並べると、すぐ売れる作家だね」と教えてくれた。

ひとりの作家の本をくりかえし読む。何度も読んでいるうちに、作家の考え方、あるいは癖や欲のようなものが浮び上がってくる。

「そういえば私はどちらかというと、仕事がさし迫ってくると怠け出す傾向がある」(怠惰の美徳)

この傾向は、身におぼえのある人も多いのではないか。いわゆる先延ばし癖で、これも怠け欲の一種だ。ただし、このエッセイには「私は滝になりたい」という言葉も出てくる。なぜ滝なのか。生物ですらないではないか。おかしい。やはり、本物はちがう。そう簡単に尻尾をつかませてくれない。

梅崎春生は、怠け者でありつつ、のらりくらりと世相にたいして不服従を貫いた作家だった。

「私は怠けものです。怠けものというよりは、どんな場合でも楽な姿勢をとりたい性質です」(蝙蝠の姿勢)

人はもっと楽に生きていい。楽をすることに罪悪感をおぼえたり、楽を責めたりするような風潮は、世の中を窮屈にする。とはいえ、そういうことを強く主張するのは面倒くさい。だから、声を荒げず、とぼけたかんじの口調で語るのが、怠け者の作法といえよう。

「憂鬱な青春」では、旧制の第五高等学校（熊本市）に「すれすれ」で入学するも「怠け癖」から落第してしまう経緯が記されている。その言い訳が素晴らしい。

「勉強に励んで何になるか、というような漠然たる気持があって、それが私を怠けさせた」

その後、五高の同級生で一足先に卒業していた霜多正次（島袋正次）から東大で同人雑誌を作るという手紙が届く。さらに霜多は、英文より国文のほうが楽だと助言する。

「何だって私は楽な方が好きである」

大学に進学したが、卒業するまで試験の日以外は一回も講義に出なかった。当然、就職もうまくいかない。

友人の霜多は、自分の勤めていた東京都教育局を梅崎春生に紹介する。のんびりした職場だったが、そこも長続きしなかった（しょっちゅう猿の物真似をして同僚を笑わせていたというエピソードもある）。

『幻化の人　梅崎春生』（東邦出版社）で、霜多正次は「学生時代の梅崎春生」という回想を書いている。

大学時代、ふたりはお互いの下宿を行き来していた。

「彼がやってこないときは、私が彼の下宿に出かけていったが、そういうとき、彼はいつもフトンにもぐったまま額にタオルをのせて本を読んでいた。彼は寝るとき必ず病人のように額にタオル（ぬれたのではなく、乾いたの）をのせる習癖があった。そうしないと感覚が不安定になるのだといっていた」

タオルをのせていた理由は、寝ているときに天井から針のようなものが落ちてくるという妄想に悩んでいたからだ。難儀な妄想だ。つらい。

梅崎春生は一九一五年二月生まれ。終戦のとき、三十歳。

「三十二歳になったというのに／まだ　こんなことをしている」と詩に書いている。このアンソロジーに収録した「己を語る」「三十二歳」という詩は、赤坂書店の編集者のころ、薄い大学ノート日記に書きとめていたものだそうだ。

一九四六年、数え年で三十二歳で「桜島」を発表。野間宏、椎名麟三、武田泰淳ら「第一次戦後派」の作家として活躍するいっぽう、遠藤周作、安岡章太郎、吉行淳之介ら「第三の新人」とも親交があった。重厚な長篇志向の「戦後派」と比べると、当時の「第三の新人」は、日常の危機を題材にとった短篇志向の作家といわれていた。

吉行淳之介の「幻化忌の夜」（『ずいひつ　樹に千びきの毛蟲』潮出版社）に「第一次戦後派のかたがたの中では、梅崎さんの資質に私は近いとおもっている」という一文がある。

　また山口瞳は『変奇館日常　男性自身シリーズ』（新潮社）の「鱲子綺談《からすみきだん》（一）」で梅崎春生について「『戦後派』と『第三の新人』の中間にいて、その橋渡しをしたような人だった」と書いている。

　ちなみに、この二篇のエッセイはいずれも梅崎春生の七回忌のことを書いたものだ。

　同じく「第三の新人」の庄野潤三は「梅崎さんが書いた随筆やそのほかの短い文章は、どれもみな面白かった。僅か数行のものでも、例外なしに面白かった。読んで、失望したという記憶は一回もない。言葉の利き目というものをよく知っている人でなければ、こうはゆかない」（「梅崎さんの字」『幻化の人　梅崎春生』）と絶讃した。

　庄野潤三は、梅崎春生の通夜の席で兄の梅崎光生からこんな話を聞く。

「春生は小さい時から臆病で、夜なんか、便所へ一人で行けなかった。こわがりだった」

　こわがりでぐうたらだが、洞察は鋭い。さらに鋭さをユーモアで包むことを忘れない。

　梅崎春生の小説やエッセイを読んでいると、しばしばその先見性にはっとさせられる。

「怠け者」だからこそ、社会にうまく適応できず、規則通りに動いているかのようにおもえる世の中のおかしさを見抜くことができた。とくに人間の本能、あるいは理性や知性の脆さにもすごく敏感だ。時代や世相が変わっても、人間はそう簡単に変わらない。自由や平等をうたっている組織でもその組織に従順でない人間は排除する。そうした場に発生する目に見えない「力」のことを梅崎春生はくりかえし書いている（「衰頽からの脱出」など）。

けっして前に出ず、後列から物事を見る。埴谷雄高は、そんな梅崎春生のことを「伏し目族」と名付けた（武田泰淳も同族だったらしい）。

何も見ていないようで、ちゃんと見ている。筋金入りの傍観者。生態学者のような目で個人、そして集団を観察しているところも梅崎文学の特色かもしれない。

本書収録作の中でもっとも初期の作品は一九四二年に「丹尾鷹一」という筆名で書かれた「防波堤」である。「生産人」という雑誌に発表し、『新進小説選集』昭和十七年度後期版（赤塚書房）にも収録されている。全集には未収録だが、その後『梅崎春生作品集』（第三巻、沖積舎）に再録された。

釣り文学の傑作「突堤にて」の元になった作品である。「防波堤」という作品のことは十年くらい前に京都在住の僧侶で詩人でエッセイストの扉野良人さんから教わった。

それにしても、なぜ「丹尾鷹一」という筆名にしたのか。一晩中、仮名とローマ字のアナグラムをいろいろ考えてみたのだが、わからなかったので寝た。目が覚めたら「丹

＝赤」ということに気づいた。赤い尾の鷹。「レッド・テールズ・ホーク」というタカ目タカ科ノスリ属の鳥（和名「アカオノスリ」）がいるではないか。「丹尾鷹一」の筆名は、この鳥の名からとったにちがいないというのが、わたしの説だ。けど、なんで鷹やねん。私は鷹になりたい……とおもっていたのだろうか。まさか。

話は横道にそれてしまったが、今回、編集しながら、あらためて怠惰な日々の中にも文学があるというおもいが強くなった。世の中には、そういう文学に救われる人もいる。

とはいえ、怠け者の暮らしが楽とはかぎらない。世間の目は怠け者にたいして厳しいし、何といっても楽をしていると貧乏になりやすい。楽に怠けて生きていくには、どうすればいいのか。

いつの日か、誰か自分のかわりにその答えを見つけてくれることを願っている。そしてこっそり教えてほしい。

（おぎはらぎょらい・文筆家）

編集付記

一、底本は『梅崎春生全集』（新潮社、一九六六〜六七年）とした。ただし全集未収録の作品については以下（怠惰の美徳、居は気を移す、『梅崎春生随筆集』五月書房、一九七四年／寝ぐせ、『ウスバカ談義』旺文社文庫、一九八三年／寒い日のこと、防波堤、『梅崎春生作品集3』沖積舎、二〇〇四年）を底本とし、適宜初出誌等を参照した。

一、本文中に今日からみれば不適切と思われる表現があるが、作品の時代背景および著者が故人であることを考慮し、明らかな誤植と思われる箇所をのぞいて、底本のまま収録した。なお再編集に際して振仮名を調整した。

本書は中公文庫オリジナル編集です。

中公文庫

怠《たい》惰《だ》の美《び》徳《とく》

2018年2月25日　初版発行
2024年9月30日　7刷発行

著　者　梅《うめ》崎《ざき》　春《はる》生《お》
編　者　荻《おぎ》原《はら》　魚《ぎょ》雷《らい》
発行者　安部　順一
発行所　中央公論新社
〒100-8152　東京都千代田区大手町1-7-1
電話　販売 03-5299-1730　編集 03-5299-1890
URL https://www.chuko.co.jp/

DTP　嵐下英治
印　刷　三晃印刷
製　本　小泉製本

Published by CHUOKORON-SHINSHA, INC.
Printed in Japan　ISBN978-4-12-206540-6 C1195

中公文庫既刊より

各書目の下段の数字はＩＳＢＮコードです。978－4－12が省略してあります。

う-37-2
ボロ家の春秋
梅崎春生
直木賞受賞の表題作と「黒い花」をはじめ候補作全四篇に、小説をめぐる随筆を併録した文庫オリジナル作品集。〈巻末エッセイ〉野呂邦暢〈解説〉荻原魚雷
207075-2

う-37-3
カロや 愛猫作品集
梅崎春生
吾輩はカロである――。「猫の話」「カロ三代」ほか飼い猫と家族とのドタバタを描いた小説・随筆を中心に編集した文庫オリジナル作品集。〈解説〉荻原魚雷
207196-4

お-33-3
新編 閑な老人
尾崎一雄
荻原魚雷編
生死の境を彷徨い「生存五ケ年計画」を経てたどり着いた境地。「暢気眼鏡」の作家が、脱力しつつ前向きな日常を味わい深く綴る。文庫オリジナル。
207177-3

ふ-10-3
新編 不参加ぐらし
富士正晴
荻原魚雷編
踊らされること、組織されること、強制されることみな嫌い。「竹林の隠者」と呼ばれた作家が世間との絶妙な距離の取り方を綴る、文庫オリジナル作品集。
207433-0

あ-13-4
お早く御乗車ねがいます
阿川弘之
にせ車掌体験記、日米汽車くらべなど、日本のみならず世界中の鉄道に詳しい著者が昭和三三年に刊行した鉄道エッセイ集が初の文庫化。〈解説〉関川夏央
205537-7

あ-13-5
空旅・船旅・汽車の旅
阿川弘之
鉄道のみならず、自動車・飛行機・船と、乗り物全般に並々ならぬ好奇心を燃やす著者。高度成長期前夜の交通文化が生き生きとした筆致で甦る。〈解説〉関川夏央
206053-1

あ-13-6
食味風々録
阿川弘之
生まれて初めて食べたチーズ、向田邦子との美味談義、海軍時代の食事話など、多彩な料理と交友を綴る、自叙伝的食随筆。〈巻末対談〉阿川佐和子〈解説〉奥本大三郎
206156-9